발가벗은　변호사

발가벗은 변호사

1판 1쇄 발행 | 2017년 12월 28일

지은이 | 김신원
발행인 | 이선우
펴낸곳 | 도서출판 선우미디어

등록 | 1997. 8. 7 제305-2014-000020
02643 서울시 동대문구 장한로12길 40, 101동 203호
☎ 2272-3351, 3352 팩스: 2272-5540
sunwoome@hanmail.net
Printed in Korea ⓒ 2017. 김신원

값 12,000원

이 도서의 국립중앙도서관 출판예정도서목록(CIP)은 서지정보유통지원시스템
홈페이지(http://seoji.nl.go.kr)와
국가자료공동목록시스템(http://www.nl.go.kr/kolisnet)에서 이용하실 수
있습니다.(CIP제어번호: CIP2017035293)

ISBN 978-89-5658-556-8 03810
ISBN 978-89-5658-557-5 05810(PDF)

발가벗은 변호사

김신원 자전에세이

선우미디어

차례

1
청춘, 어느 날로
되돌아갔더니

고등학교 2학년 때 아픔은 시작됐네

소녀 때 시골청년을 알게 된 사연부터 어이없다

어느 날 같은 반 친구가 내 책상 위에 편지 한 통을 던졌다. 우편함에서 발견했을 것이다. 받는 사람 쓰는 곳에는 '서울 ○○여자고등학교 2학년 2반 27번 귀하'라고 적혀 있었다. 보내는 이의 주소지는 먼 곳이었다. 물론 우리 남한 땅이다. 읽어 보았다.

상업고교를 졸업하고 직장 생활을 하는 사람으로 학생 때는 반장과 수석을 놓치지 않았다는 내용이 그 곳 고향을 소개하는 글을 덧붙여서 영문으로 쓰여 있었다. '미안하지만 너랑 사귈 뜻이 없다'는 결론이었다. 어느 누구든 간에 그때 나는 남자 사귈 생각이란 전혀 없었다. 그 편지를 휴지통에 던져 넣으려고 일어 돌아서려는 순간 선생님이 들어오셨다. 종례시간이었다. 선생님이 몇 초만 늦게 오셨어도 그것을 버렸을 것이고 그와 나는 모르는 사이가 되었을 것이다.

그런데 종례 끝난 후에는 왜 못 버렸는가. 교실 문 밖에서 나를 기다리는 친구들이 있어서였다. 나와 세 친구가 불문과 여대생에게 영어와 불어를 일주일에 두 차례 과외수업을 받고 있었는데 그날이 마침 과외 받는 날이었기에 먼저 종례 끝난 반 친구들이 와 있었다. 그러니까 선생님 뒤따라 책가방을 들고 나갔던 것이다. 그리고는 이십여 일 후에 책상 속의 그 편지가 눈에 띄었다.

나는 우표에 찍힌 일부인(日附印)을 확인했다. 버릴 생각이 아니어서였다. 그 사람을 상대로 장난을 칠 심산이었다. 내가 착한 보통 아이였으면 그 사람과 알게 되지 않았을지도 모른다. 나쁜 아이였기에 그를 알게 된 것이다. 사귈 생각도 없으면서 편지를 쓴 것이다.

공부 잘 하고 예쁘고 재능 있고 집안 좋은 가공인물을 만들어놓고 나는 뒤에 숨어서 연락을 주고받다가, 어느 날 소식을 무단히 끊어버릴 참이었다. 나는 우선 부자 할아버지를 둔 아이가 된다. 나의 카타르시스를 위한 못된 짓을 시작한 것이다. 그때 나에게 친할아버지는 계시지 않았다.

변명이랄까. 나에 대한 소개를 조금 한다면 6·25전쟁 직후 농촌에서 초등학교에 입학했는데 다른 아이들은 통치마저고리에 고무신 차림인데 나는 세일러복에 란도셀(초등학교 저학년용의 메는 책가방)을 메고 다녔다. 그리고 미술은 물론 무용도 잘하고 글도 잘 써, 여러 모로 잘한다는 소리를 곧잘 듣고 했다. 중학교 시험 치르고 들어가던 시절, 서울에 있는 명문 학교에 입학을 하고 보니 모두 다 잘 난 아이들이었다. 나는 못난이였지만 우리 부모는 그렇지 않았다. 아버지에 대해서도 상세하게 쓰겠지만 참으로 좋은 분이셨고 시대를 앞서간 생각을 하셨던 분이다.

60년대 초 Y에게 보낸 내 첫 번째 글은 작은 용지의 절반을 넘길 정도로 별 내용이 없었다. 신상을 밝히지도 않았다. "우리 집착은 하지 않기로 해요" 이 구절만 지금도 기억된다. 그에 대한 Y의 편지, 그러니까 내 주소지로 보낸 Y의 실질적인 첫 소식을 읽고 나는 어리둥절했다. 뛸 듯이 기뻐하는 모습이 역력해서였다. 그의 속셈을 모르던 때여서 고개가 갸웃해질 수밖에 없었다. Y인들 짐작을 못했겠는가. 서울깍쟁이가 이런 촌놈에게 무슨 관심이 있겠나. 여학생은 대꾸 안 할 것이다. 그런데 만약에, 만약에 그럴 확률은 대단히 미약하지만 답이 온다면 희망을 가져도 좋다는 암시로 받아들이려 했던 건 아니었을까? 주사위를 던지는 심정으로 막연했던 영문편지를 우체통 속에 떨군 건 아니었을까?

그런데 이십 일이 지나도록 연락이 없다. 혹시나가 역시나구나 체념하고 있는데 드디어 왔다. 숨 가쁠 만도 했을 것이다. 급히 쓴 내용에는 생년월일, 키, 몸무게, 가족관계 등과, 어느 곳의 사환으로 일한다고 적혀 있었다. 중·고교를 야간으로 다녔다고 한 것으로 보아 그 일을 하며 학교에 다닌 듯했다. 거짓내용의 장난편지였지만 답은 왔다.

그의 글을 두 번째인가 세 번째인가 받고 나서 나는 그 사람 Y에게 감동하고 호감을 느꼈다. 현실이 괴롭지만 꿈을 간직하고 열심히 살아가는 모습에 한없이 이끌렸다. '그나마 며칠에 한 번은 숙작'이란 구절도 있었다. 어려운 가운데 꿋꿋한 그가 보인 것이다. '문장은 그 사람'이 아닌가. 탄력 있는 문체로 엮어내는 그의 일상은 기다려지는 읽을거리였다. 글씨 또한 힘 있게 쓰여진 뛰어난 필체였다. 나는 글씨를 못 쓴다. 급히 쓴 것은 내가 써 놓고도 내가 못 알아본다. 그래서 글씨를 잘 쓰는 이에게는 무조건 호감을 느낀다. 우리 학교 이름을 밝힌 적 없는데 "○○여고가 좋은 학교라고 들었다"고 써 보낸 것으로 보아 여학교 여러 곳에 편지를 뿌린 것으로 여겨지지는 않았다. 나는 그에게 거짓말, 그러니까 부자의 손녀라고 했던 사실을 깜빡 잊어버리고 내 본심으로 돌아와서 "나는 네가 참으로 좋다"고 고백을 했다. 좋으니까 좋다고 한 것이다. 나는 거짓말만 할 줄 아는 게 아니었다. 누구보다도 솔직한 면도 같이 가지고 있는 양면성이 있는 아이였다. '여자가 자존심도 없나? 먼저 좋다고 하다니…' 또는 '너무 성급히 그런 소리를 하면 경망스러운 아이로 보일 수 있다'는 계산을 할 줄 모르는 사람이었다.

그런데 그는 뜨악해하며 '빨리 끓는 냄비는 빨리 식는다'고 달가워하지 않았다. '무엇이 어떻다구? 빨리 끓는 냄비는 빨리 식는다고?' 나도 대들었다. 그렇게 해서 우리는 초장부터 한 판 싸웠다. 나도 어이없지만 너도 비슷하다. 잘 알지도 못하는 여학생에게 자신을 진지하게 털어놓은 것은 알아보아달란 것 아닌가? 그래서 '알았다, 알아줄게' 한 것인데 그렇게 면박을 주다니…. 징검다리 건널 때 자기가 서 있는 돌 위에 같이 올랐다고 해서 왈칵 떠밀어 물속에 풍덩 빠진 듯한 모멸감을 느꼈다. 그 때 사귀는 일을 중단 안 한 것은 그 사람이 너무 많이 좋아서였을 것이다. 그 사람은 '나를 알게 되자마자 좋다고 하니 생전 남자 구경도 못 했나?' 여겼을지 모른다.

정말 나는 그랬다. 오빠가 있었으면 그의 친구라도 보았을 텐데 그렇지도 못했다. 남녀학생 같이 속해있는 클럽활동을 한 것도 아니다. 그런 학생들도 간혹 있었다. 흔히 여학생들은 남자선생님을 짝사랑 하는 일도 있다고 하지만 나는 좋아하는 선생님도, 배우도 없었다. 우리 세대에서는 프랑스 배우 '알랭 들롱'이 단연 최고 인기배우였다. 나도 소녀 적에 〈태양은 가득히〉를 보았다. 그 미남, 그러나 나에게는 그저 그랬다. 내 나이 중년 때 읽은 것 중에 '아버지와 긴밀한 여아는 사춘기가 늦다'는 내용도 있다. 유럽 어느 나라에서 작성된 통계인데,

반면에 이복오빠나 의붓아버지가 있는 환경의 소녀는 사춘기
가 빠르다고 되어 있었다. 맞는 이야기 같았다. 나는 거리에서
옆으로 지나가는 남학생 한 번을 쳐다본 적이 없었다.

농경시대 논밭 갈이는 남자가 했다. 노후에는 아들에게 농
토를 물려주고 의지해서 여생을 보냈다. 우리는 60년대까지
농업국가였으며 집집마다 자식 많고 아들을 선호하고 우대하
던 때였다. 딸을 '쓸데없는 것'으로 말하는 이도 드물지 않았
다. 그런데 우리 집은 달랐다. 아버지는 엄마를 설득하시곤
했다. 아들은 강하게 길러야 한다고. 그러나 딸은 그러면 상처
받는다고. 그 일과 연관이 있는지는 모르지만, 엄마가 누구와
하는 이야기를 들은 적 있다. "먼저 태어나는 놈이 제일이고
큰애를 우선 생각하게 되더라"고. 그래서 나는 남동생 셋보다
대우를 못 받았다고 여기지 않는다.
　우리가 자라던 시절은 살아가기 어려운 때였다. 아니, 70년
대 초까지도 그랬다. 일하기 싫어서 배고프게 살았던 게 아니
다. 초·중·고교를 다닐 나이의 소녀들이 식모라는 이름으로
남의집살이를 하고 소년들은 구두닦이통을 메거나 아이스케

키 행상, 신문팔이 등으로 거리를 헤매는 이들이 흔했다. 누군들 자식을 그렇게 기르고 싶었겠는가? 일하고 싶어도 일자리가 없고 어렵사리 어딘가에 들어갔다 해도 임금체불도 흔한 일이었다. 요즈음처럼 시급으로 계산되는 아르바이트 자리 같은 것이 있던 때가 아니었다. 61년도 5·16군사정변 공약에는 '기아선상에서 허덕이는 민생고를 해결하고…'라는 구절이 있다.

2013년 봄, 아마추어가 노래하는 TV 프로에 나이 든 여인이 여중고생 교복을 입고 나왔다. 그리고는 "교복도 웨딩드레스도 못 입어 보았다"라고 말했다. 형편이 어려워서 잔치를 미룬 채 살아오다가 흰머리가 돋은 이들도 많다. 그런 이들의 신청을 받아 합동결혼식을 올리게 해준 단체도 있었다. 또는 비용절감을 위해 절이나 교회에서 한복차림으로 예식을 올린 이들도 있다. 교복에 웨딩드레스라니, 호강스러운 말이라고 반박하는 이도 있을 것이다. 늦게나마 교실 가득히 모여서 한글을 배우며 흐뭇해하는 모습을 2013년 6월에도 TV에서 소개했다. 대부분이 70세 전후의 할머니들이었는데 "가난하고 딸이어서 배우지 못했어요"라고 어느 분이 털어놓았다.

학우들 중엔 명문 집 딸, 부호의 딸도 많았지만 또 우리 형편만도 못한 집 아이들도 있었다. 우리 학년의 실상을 보더라도 고교 진학을 못한 친구가 하나, 야간 상고로 간 친구 하나, 고1때인가 중퇴한 친구도 있다. 모직교복은 가격이 쌀 한 가마니(80kg) 값이라고 했다. 국민소득 백 달러도 못되고 쌀이 부족하던 시대에 쌀 한 가마니 값이면 얼마나 큰 액수인가. 가정 형편상 교복 마련하기 어려운 학생들은 상담실에 가서 말씀드리면 졸업생들에게 수소문해서 그 학생 체형에 맞는 치수로 마련되도록 주선해 주시기도 했다. 또 학년이 높아갈수록 서너 명 또는 대여섯씩 더 가까운 친구들이 생기는데 그 중 하나가 학업을 계속 못할 지경이 되자 그 그룹 친구들이 모금으로 학비를 내 주어 같이 졸업한 예도 있었다.

우리 세대에는 나처럼 아버지의 사랑을 듬뿍 받은 아이도 드물었을 것이다. 그 시대의 아버지는 모두 무섭고 엄하기만 했다.

내가 어렸을 때는 시골 문방구에 값비싼 문구는 없었다. 뽈책받침이 새로 사고 싶었는데 그러려면 아버지가 읍내 가실 적에 부탁하는 수밖에 없었다. 사 오신 책받침은 여러 가지 색채로 알록달록한 예쁜 것이었다. 지금처럼 비닐 봉지가 있던 때도 아니고 문방구에서는 그 책받침을 그냥 주었을 것이다. 아버지는 서점에 들러서 요즘 여성지 크기의 판형인 어린이 잡지 〈소년세계〉를 사서 그 책 속에 책받침을 넣어가지고 오셨다. 그 〈소년세계〉에서 읽은 〈알프스의 소녀〉가 얼마나 재미있고 감동적이던지 읽고 또 읽고 또 읽었다. 스위스가 관광 대국인 것은 경관이 빼어나서이기도 하지만 '요한나 스피리'가 쓴 〈알프스의 소녀 하이디〉를 읽고 자란 전 세계의 어린이들이 아름다운 알프스 산을 그리워하며 가보고 싶어 함도 큰 몫이라고 한다. 나도 2007년 8월에 스위스를 다녀왔는데 그 이야기는 뒤의 유럽여행기에서 쓰도록 하겠다.

아버지가 읍내로 일주일간 강습을 받으러 간다고 하셨을 때였다. 나는 동요집을 사다달라고 주문했다. 동요집 〈호박꽃 초롱〉 등의 책 광고를 어린이 잡지나 동화책에서 보았기 때문이다. 초등학교 3학년 국어교과서에 실린 동요로 기억되는데,

할아버지 지고 가는 나무지게에

활짝 핀 진달래가 꽃혔습니다.

어디서 왔는지 노랑나비가……

라든가 음악 교과서의 노랫말,

송알송알 싸리 잎에 은구슬

조롱조롱 거미줄에 옥구슬……

로 시작되는 〈이슬비〉 등을 좋아했다. 그래서 그런 시들이 실
린 책들을 읽고 싶었다.

아버지가 읍내 가신 지 이삼 일 만에 인편으로 책이 왔다.
한 동네 사람들이 수시로 읍내 출입을 하니까 가능한 일이었
다. 오실 적에 갖고 오셔도 되는데… 하면서 꾸러미를 풀었다.

우선 편지가 눈에 띄었다. 당시 공주 읍내에는 두 곳의 서점
이 있었다. 다 가보았어도 동요집은 없었다고 쓰여 있었다.
왜 없느냐고 물었더니 안 팔려서 갖다 놓지 않는다고 서점에
서 말했다는 것이다. 그래서 다른 책 〈떡배 단배〉와 캐러멜
두 곽이 들어있었다. 캐러멜 크기가 커서 책 한 권 분량이었

다. 왜 미리 보내셨을까? 아버지 잘못은 아니지만 내가 원하는 책을 구하지 못한 미안함을 덜어보려고 읍내에 당도하자마자 그 책을 사러 다녔음을 알리려 했고 또 딸에게 편지를 쓰고 싶었는지도 모른다.

어렸을 때 친구들이 모이면 하는 말 중 '엄마가 좋아? 아버지가 좋아?' 하면 다른 아이들은 당연히 '엄마가 좋아'라고 했고, 나 혼자만 '아버지가 좋아'라고 대답할 정도로 아버지가 좋았다.

아빠는 엄마에게도 좋은 가장이었다. 서울 초등학교는 학급 학생수가 많아서 같은 학년 담임선생들이 정기적으로 만나 회식을 하며 정보도 교환하고 친목도 다지는 모임을 동학년회라고 했다. 당산초등학교에 계실 때는 영등포시장 앞 대로변이 만남의 장소였다. 유명 식당 등이 모여 있는 번화가가 그곳이었다.

어느 날은 선생님 한 분이 영화관 앞을 지날 때 "저 영화 잘 됐다는데 나온 김에 보자"고 제안을 해서 보셨다고 했다. 그런데 아버지는 그 영화를 엄마에게 보여주기 위해 며칠 후에 엄마랑 다시 그 영화관에 다녀오셨다. 50년대 후반 성공한 영화로 꼽히는 김동원 씨 김지미 씨 주연의 〈별아 내 가슴에〉 이다. 부모님이 본 영화여서 보고 싶었지만 못 보았다. 내가 성인이 된 후에는 그 영화를 상영하는 곳이 없었다.

그 사람 Y와 편지 나누는 일을 엄마가 왜 묵인했는가도 한 편으로는 의문이다. 아버지가 아셨으면 절대로 안 될 일이었 을 것이다. 성인이 된 뒤에도 늦지 않다. 지금은 네 판단력이 미숙한 때라고 극구 말리셨을 것이다. 엄마는 "딸은 상처받기 쉽다"고 들어오던 터여서 강하게 말리지 못했을 수도 있다. 그 시절에는 결혼 적령기의 성인도 자기 마음대로 이성과 만 나지 못했다. 승낙을 받아야 결혼을 전제로 사귈 수 있던 때였 다.

엄마는 당연히 '어떻게 알게 된 무엇하는 사람인가?'를 물었 지만 나는 번번이 대답하지 않았다. 편지 왕래가 빈번하지 않 아서 그냥 모르는 척하셨을 수도 있다. 이십 일에 한 번씩 쓰 는 정도로 기간을 조정했다. 나는 그의 편지를 받으면 열흘 정도 되어야 답을 보냈다. 그 지방까지 왕복 일주일 남짓 걸리고 그는 또 이삼 일 안에 써 보내곤 했다. 서로가 바쁜 사람들인데 늘상 편지만 쓰고 있을 수는 없지 싶었다.

12월이 되자 크리스마스카드를 사서 보내주었는데 조금 후에 색다른 카드가 눈에 띄어 또 사서 부쳤다. 우리 학교 신문도 보내주고. 당시 베스트 셀러였던 김형석 교수의 수상집 〈영원과 사랑의 대화〉, 영문으로 된 해외 홍보용 책자인 서울 앨범도 사서 부쳤는데, 그럴 수 있는 일이지만, 일간신문까지 그에게 보낸 것은, 그로 인해서 제 정신이 아니었다는 증거이다. 그가 일하는 곳은 관공서이다. 거기에 왜 신문이 없겠는가.

야간 고등학교를 나온 사환이면 어때? 몸 건강하고 정신 건강하고 된 사람이라고 여겨졌다. 나는 그를 좋아한다. 그도 나를 좋다고 한다면 나는 그를 선택하고 싶었다. 그래서 직접적이든 간접적이든 그에게 호감을 갖고 있음을 전달했다. 그도 나를 좋아한다는 암시를 보내오면 초기의 거짓말에 대하여 고백할 생각이었다. 처음에 장난치지 말고 이렇게 써야 했다고 후회했다.

아시는 학교는 짐작하신대로 명문대가의 딸, 영특한 학생, 어여쁜 소녀들이 다니는 곳입니다. 그 모든 것을 겸비한 이도 있지만 최소한 한 가지라도 갖춘 인물들의 배움터지요. 그런데 무엇 하나 갖지 못한 이를 찾아내어 찍은 Y씨가 참으로 딱하게 여겨집니다. 저는 공부도 못하고 예쁘지도 않은 가난한 집 아이거든요. 그러니까 Y씨는 복권도 사지 마시고 금맥도 찾으러 다니지 마세요. 허탕 칠 게 뻔해 보이니까요. 그렇지만 인생살이가 그런 것만으로 결정되는 건 아닐 테니까 실망은 하지 마세요. Y씨에게는 분명히 다른 능력이 있을 것입니다.

한참이나 연장자인 것 같은 압도하는 힘이 있어 좋았지만 또 두려웠다. 그가 보내는 글은 늘 동문서답이었다. 나에 대한 관심이 전혀 없어보였다. 여전히 자기 이야기만 늘어놓았다.

내가 초기에 거짓말한 것을 그는 이미 알고 있음을 나도 짐작했다. 못 알아차릴 사람이 아니었다. 그는 이미 나를 용서했을지도 모를 일이었다.

'철딱서니 없는 애니까 내 그 편지에 답을 했고, 나를 좋아하게 되었지. 또한 대단한 집안의 딸이 아닌 것이 오히려 사귀기 편안 일이 아닌가… 여기고 있을 수도 있다. 또한 내가 자기를 좋아하고 있음을 알고 있는 그가 이렇게 계속 교류하고 있음은 그도 내가 싫지 않다는 뜻이다.'

너는 좋아한다지만. 나는 네가 마음에 안 드는 점이 많아 안 되겠다 싶으면 연락을 끊어야 함은 너무도 당연한 일이다. Y는 그만한 분별력이 없는 사람이 아니다. 그리고 또 사진을 교환하고 싶어 했다. '사진 있으면 줄 수 있냐고. 자기는 지금 사진이 없어 새로 찍어야 한다고 했다. 그는 나처럼 단순하고 직선적인 이가 아니다. 대단히 치밀하고 조직적인 사람이다. 그런 이가 사진을 주겠다고 했다. 나에게 관심이 있는 게 분명하다. 그런데 왜 전혀 표방하지 않는 것일까? 나는 지금 이대로가 좋다고, 사진 주고받고 싶지 않다고 전했다.

'나를 좋아한다고도 안 하면서 무슨 사진을 달라고 해?'라고 나는 생각했고, 그는 '나를 좋아한다면서 사진은 왜 못 준다는 거야?'라고 했을 것이다.

그렇지! 고등학교 2학년인 사람이 모르는 남자에게 응답 안 한다고 했지. 그런데 이 사람 Y는 고등학교까지 졸업한 사람이 모르는 여자인 나에게 왜 편지를 날린 걸까? 공부도 더 하고 싶어 후원자가 필요했단 말인가? 자기에게 도움이 되어준다면 나도 너를 좋아할 것이고, 네가 나를 좋아하는 것도 허용하겠지만 그렇지 않으면 어림없다…. 그러나 나는 설마 그렇지는 않을 것이라고 믿고 싶었다.

그러나 나는 그때까지 경험하지 못한 온몸이 녹아내리는 듯한 아픔을 느꼈다. 나는 짝사랑도 싫고 잘난 남자도 필요 없다. 나를 많이 좋아하는 사람이 아니면 안 된다. 부족한 점이 많다는 걸 나 스스로 잘 알고 있으니까. 우리 부모도 나를 걱정하며 길렀다. 야물지 못하다고. 마음이나 행동 모두 엉성하기 짝이 없고 영악하지 못한 나를 두고 할머니 닮아서 그렇다고 했다. 그런 눈치를 알고 할머니가 엄마한테 그러셨다.
"염려마라. 일 잘하면 무수리로 태이고, 일 못하면 공주로 태인다."
다른 이에게서는 이런 말을 들어본 적이 없으니 할머니가 꾸며낸 말인 것 같다. 나는 할머니 닮아서 소설 쓰나? "일 잘하면 일 복 많다." "생긴 대로 산다."는 소리는 있었다. 그런데 과장되지만 구체적인 할머니의 그 말씀은 손녀를 사랑하는 마음으로 당신이 지어낸 게 틀림없다.

나는 Y 그 사람과 이별을 계획했다.

'거짓말했던 것 미안하다. 그렇지만 너는 내 거짓말 때문에 울지는 않았을 것이다. 아니, 아무것도 모르는 17세 상대로 무슨 짓을 했는지 알아야 한다.'

"나 많이 좋아하는 사람이 있는데 끝내야 될 것 같애."

학교 친구들에게 말해버렸다. 그런데 왈칵 눈물이 쏟아졌고 엉엉 울어대는 나를 친구들이 놀라워했다.

"정말 많이 좋아하나봐."라며 친구들이 속삭였지만 자세한 경위에 대해서는 묻지 않았다. 내가 스스로 들려주지 않고 이야기하고 싶지 않은 것 같으니 캐어물을 일이 무엇인가, 여긴 듯하다.

그리고 얼마간의 시간이 흘렀고 친구들에게 털어놓았다.

"나 그 사람과 헤어졌어."

"왜? 아니 왜?"

라며 안타까워했는데 '그렇게 많이 좋아한다면서 왜 네가 먼저 이별하자고 해?'라는 뜻이었을 것이다.

"어차피 헤어져야 하는데 쓸데없이 시간 끌면 뭘 해."

'쓸데없는 짓? 너는 사람이 꼭 쓸데 있는 짓만 하고 살 수 있다고 생각하니? 너는 그럴 자신 있어?' 이렇게 나에게 수없이 질문한 말이었다.

아무튼 그때 친구들이 묻지 않아 주어서 고마웠다.

친구들이 이 글을 읽으면 몇 십 년이 흐른 지금에야 비로소 알게 될 것이다. 그가 나를 좋아한다고 하면 친구들에게 털어놓으려 했다.

Y, 그에게 당분간 교류를 중단하자고 제의했다. 그는 알아차리고 마지막이라고 여긴 듯한 애잔한 심정과 울먹울먹한 감정의 글이 왔다. 한 번도 그런 일이 없던 그였다. 의연하고 당당하기만 했던 그였다.

'나 잘 되어서 너 만나고 싶다. 그런데, 그런데 말이야. 뜻대로 되지 않아. 이대로 영영 이별이면 어쩌나? 어쩌나?'

이렇게 쓰여 있지는 않았지만 그의 절절한 마음이 그가 보낸 편지 행간에 느껴졌다.

그와 편지를 교환한 지 9개월 만에 이렇게 Y와 나의 이야기는 일단 끝이 났다.

　내가 소녀 적 일기를 서른 살이 되도록 가지고 있었던 것은 쓸모가 있을 듯해서였다. 문인이 아니라도 에세이집을 출간할 수도 있다. 또는 시나 에세이 공부를 해서 저서를 가질 수도 있다고 생각했다.

　그때 첨부할 계획이었다. 소설은 염두에 못 둔 것이 분량도 많고 씨줄 날줄을 교묘히 엮어내야 하기 때문에 어려우리라고 여겨져서였다.

　2015년 봄 KBS TV에서 몇 사람에게 10년 전으로 되돌아간다면 무슨 일을 하겠느냐 질문한 적이 있다. 어느 여인은 "소설 써보고 싶어요"라고 답했다. 그 방송의 취지는 앞으로 10년 후에는 지금 이 시점이 바로 그 10년 전이니까 늦었다고 생각 말고 정진하라는 희망을 갖게 하려는 의도였다. 소설은 문장력뿐만 아니라 구성도 잘 해야 되고 재미와 작품성도 갖추어야 하는 쉽지 않은 일이다. 그러나 지금은 그렇게 여기지 않는다. 소설은 꾸며낸 이야기지만 에세이는 진솔한 자기 성찰이 필요하고 아무튼 어느 것이나 다 어렵다.

나는 꿈이 있어서 그 일기를 버리지 않았다. 두 살 터울로 두 아이를 낳아 기르다보니 얼마나 바쁜지 신문도 겨우 보고 살았다. 그때는 아이들이 자라고 나면 나에게도 시간이 있으리라는 생각을 할 줄 몰랐다. 평생 그렇게 바쁠 것만 같았다. 해놓은 일도 없지만 앞으로도 할 수 있을 것 같지 않아 꿈을 버리기로 했다. 인생 선배들 말씀대로 '아이들 자라는 재미로 사는 것'을 받아들이기로 했다고나 할까. 비록 꿈은 버렸지만 일기는 버리지 못했다.

대학 입시에 3년 낙방했다. 합격한 친구가 와서 설득하여 같이 후기원서도 사왔는데 나는 제출하지 않았다. 그때나 지금이나 들어가기 어려운 학교와 그렇지 않은 곳이 있다. 왜 전기만 시험을 치르다가 그만 두었는지 모르겠다.

그 가난했던 시절에 대학 갈 사람이 그리 많았냐고 묻는 이가 있을지 모르겠다. 갈 형편이 안 되어서 못가는 이도 많았지만 학교와 학과와 입학 정원이 적던 때였다. 내 공개된 일기에 서울대 평균 경쟁률이 3.6대 1이란 기록이 나온다. 연고대는 그보다 경쟁률이 곱절 높았다고 보면 된다. 중학부터 대학까지 합격자 명단을 신문에서 내주던 때였다. 그렇게 합격여부를 알고 난 뒤 학교로 확인을 하러 갔다. 신문 지면도 지금처럼 많지 않았다. 1면 정치, 2면 경제, 3면 사회, 4면 문화면으로 세상이 단출했던 만큼 지면도 적었다. 필요할 때는 호외를 발행하는 정도였다. 중학도 경쟁률을 2대 1로만 계산해도 학교마다 몇 백 명씩 불합격자가 나오던 때였다.

우리 학년의 경우 대학진학 희망률이 99퍼센트였지만 요즈음처럼 여자도 자기 일이 있어야 한다고 생각했던 때는 아니었다. 61년도 8월 15일은 광복 15주년과 5·16 군사정변 백일이 겹치는 날이었다. 그 기념으로 KBS라디오에서는 특집방송을 마련했는데 남녀 고등학교 한 곳씩을 초청하여 퀴즈게임을 갖게 한 것이다.

여학교로는 우리였고 상대는 K고등학교였다. 방학 중이어서 비상연락망으로 알게 되어 남산방송국에 모였다. 모든 게 준비 안 되고 부족하던 때였다. 같은 문제를 놓고 아는 이가 먼저 버저를 눌러 맞힌다든가 동시에 답을 적어 확인한다든가의 방식이 아니었다. 먼저 남학생이 제시된 문제의 답을 말하고 이어서 여학생이 또 다른 문제를 받았다. 여섯 학생씩이 출연했는데 우리 쪽이 한 문제를 놓쳐서 6대 5로 졌다. 여학생 측에 더 어려운 문제가 주어졌을 수도 있고, 그런 일에는 별 관심도 없었다. 다만 많이 웃었던 날로 기억된다.

어느 여학생 출연자에게 MC가 장래 희망을 물었다. "훌륭한 어머니가 되는 것입니다"고 답했다. 그러자 방청석의 남학생 하나가 "좋소"라고 큰 소리로 외쳤다. 우리는 공개홀이 떠나갈 듯이 웃었다. 70년대까지도 미스코리아나 미혼 여성에게 희망을 물으면 현모양처라고 답하는 이들이 많았다. '90년대 초 장학퀴즈에 출연한 여고생이 '프로야구선수의 부인이 되는 것이 꿈'이라고 해서 한때 이야깃거리이기도 했다.

그런데 나는 일하는 여자가 되고 싶었다. 현모양처가 될 자신이 없어서였다. 그러니까 집안일인지 살림인지 하는 것이 별 재미도 자신도 없었다. 그러므로 다른 것으로 인정을 받으면 그 쪽이 부족하더라도 용서가 될 것 같았다. 배 깔고 엎드려서 책보기를 좋아하는 나를 두고 엄마도 "우리 딸은 선비여"라며 체념을 했다.

자기 엄마의 음식 솜씨가 없다고 말하는 이는 아마 없을 것이다. 그 손맛으로 자랐고 자식에게 먹이려는 것이니 정성 또

한 보태어졌을 게 아닌가.

엄마는 수십 년 천주교 신자로 사셨는데 떠나신 뒤에도 남은 교우들은 엄마의 음식 솜씨를 이야기하셨다. 성당의 야유회나 운동회 등 행사 때면 음식을 정성껏 많이 준비해 오셔서 나누어 드시게 했다. 내 나이 오십이 넘도록 친정에 가면 해먹이시고 갈 때 싸 주시고 때로는 만들어서 배달해 주시곤 했다.
외가는 관광지 부여에서 여관업을 하셨다. 그 시대에는 저녁식사에 숙박, 그리고 다음 날 아침 식사 제공까지 해야 했다. 그리고 일식 나무 도시락도 제조하고, 군청이라든지 어느 곳에서 요청하면 요리를 해서 배달도 했다. 그리고 예약된 단체손님만을 위한 식당이었다. 그래서 외가에는 큰 방도 여럿이었다. 그 당시에는 회식을 그렇게 했다. 음식 맛으로 승부를 걸어야 하는 업체, 전문요리사가 있는 집에서 엄마는 자랐다. 그리고 외할머니로부터 전수받았을 충청도 토속음식 중 하나인 백김치는 노란 조기젓 국물로 담갔다는 말씀을 들었다. 50년대 초반 공주시장 식료품점에서 엄마가 빵가루를 찾았더니 "애기 엄마 어떻게 그런 걸 다 알아요?" 하고 놀라더라고 했다. 빵가루는 크로켓, 돈가스 만들 적에 최종적으로 묻혀서 기름에 튀기는 재료인데 당시만 해도 전문 식당에서만 사용했던 듯하다. 그때도 우리 부엌에는 작은 유리항아리에 백설탕이 있었다. 나는 가끔 그것을 훔쳐 먹었다. 그리고는 '나는 문화인'이라고 자신에게 속삭였다. '설탕 소비량과 문화정도는 정비례한다'고 학교에서 배웠기 때문이다.

엄마 하는 일을 눈여겨보고 배우려 하는 기색이 없자 엄마는 나를 한심하게 여겼지만 나는 주눅 들어 살지는 않았다. 엄마와는 세대도 다를 뿐더러 사람마다 관심 분야가 각각이라고 여겼기 때문이다. 나를 잘 알고 있는 어떤 이는 "보기보다 대단한 살림꾼"이라고 평하기도 했다. 엄마 눈에는 차지 않는 딸이었지만 보통 정도는 되었는지도 모른다. 그것도 엄마 덕분이겠지만.

백시영 선생님은 큰 은인

　우리 가족들은 순수한 한국 혈통의 한국 국적의 사람들이다. 〈어머니의 초상화〉를 쓸 당시 남편이 동두천의 산업체에 근무했다. 그래서 그곳에서 거주를 하게 되었는데 나는 동두천이라는 특수한 지역에서 얻게 된 소재를 바탕으로 소설을 써보고 싶다는 생각을 갖게 됐다.

　그때 나는 메릴랜드 주립대학 한국분교에 대하여 알아보았고, 비공식이어서 비용은 들었지만 청강을 하였다.

　앞에서 '서른 살에 꿈을 버렸다'고 했는데 그로부터 여러 해 뒤인 1978년의 동두천은 시로 승격되기 전이고 서울 북쪽의 조용한 고장이었다. 경기도 양주군에 속해 있었는데 하필이면 동두천인가 불만이었다. '동두천' 하면 미군부대, 그리고

양색시 등 부정적인 이미지 앞섰기 때문이었다. 내가 일을 갖고 있는 여자였으면 지방으로 이사는 안 갔을 것이다. 서울 북부로 옮겨가서 '통근하시오' 했지 않았을까.

동두천 우리 집 인근에 ○○음향이라는 큰 악기공장이 있었는데 그곳의 사무직원들 대부분은 서울에서 출퇴근을 했다. 또 내 아이들이 다니던 초등학교 교사 중에도 그런 분들이 있었다. 지금은 동두천에도 전철이 수시로 다니고 있어 서울권 안에 들지만 그 당시엔 성북역이 1호선 종점이었다. 대신 성북역−신탄리 기차가 있었는데 기차역은 몇 곳 안 되니까 비둘기호였어도 시간은 지금과 큰 차이가 없었다. 물론 급행 완행 버스도 있었다. 그런데 전업주부라 특별히 하는 일도 없고 아이들은 초등학교도 들어가기 전이므로 전학할 일도 없으니, 남편 따라 이사를 가는 게 당연하게 여겨졌다.

그래도 아이들의 중학배정은 서울에서 받게 할 생각이어서 고학년이 되면 서울로 옮겨갈 계획이었다. 그래서 임시로 몇 년 살아갈 전셋집을 얻기로 했다. 그런데 마땅한 집이 없었다. 그래서 팔려고 내놓은 집을 돌아보았으나 역시 결정을 하지 못했다. 그러다가 얼마 후에야 좋은 집이 매물로 나왔다는 연락을 와서 남편과 함께 그 집을 둘러보았는데 마음에 들었다.

"꿈을 잘 꾸었다. 이 집과 인연이 있는 듯하다. 웬만하면 사자."는 말을 남편에게 해버리고 말았다. 그래서 애초에 전세를 살려는 마음을 접고 대지 90평, 건평 35평의 우리 네 식구가 살기에는 넓은 집을 마련하였다.

아담한 정원이 있던 이 집에서 7년간 살았다. 나는 이 집에서 살면서 소설 〈어머니의 초상화〉를 썼다.

80년대로 들어서면서 연립주택이나 아파트 등이 붐을 타고 건설되기 시작했다. 2, 3년만 더 기다렸다가 동두천으로 이주를 했더라면 집구하기는 더 수월했을 것이다. 그러나 그리되었다면 소설을 쓸 계기는 못 잡았을 수도 있다. 개인 주택이 있는 동네에서 살았기에 사람들의 생활상을 직·간접으로 체험할 수 있어서 소재도 얻게 되었고, 소설을 쓸 수 있었다고 생각하고 있다.

어느 날 가게에 들어섰는데 주인아주머니가

"애기 엄마 네라면 그런 책이 있으려나? 이 아가씨가 무슨 책을 빌려야 한다는데….'"

라며 말을 걸어왔다. 그러자 곁에 있던 이십사오 세정도로 보이는 아가씨가

"영한사전이 있으시면 좀…. 신랑이 나 없는 사이에 왔다가면서 메모를 남겼어요. 며칠 집에 못 온다는데 그 뜻은 알겠는데 왜 그런지 모르겠어요. 그래서 단어를 찾아보려고요."

나는 그녀에게서 메모지를 받아들었다.

"이를 뽑을 거래요. 그러면 술 마시든가 하면 안 되니까 출입증을 안 내준다고요."

"아! 그래요. 이 아프다고 했어요."

그 후 '서울서 이사 온 지 얼마 안 되는 등나무집 아줌마가 영어도 잘 아는 유식한 이'라고 소문이 났고, 찾아오는 이들이 종종 있었다.

지금도 특별히 생각나는 기지촌 여인들이 몇 사람 있다.

만삭이 되면 비행기에 탑승할 수 없기에 남편의 한국 전출이 확정되자 서둘러서 여인이 먼저 한국으로 온 여인도 그 중의 한 명이다. 남편이 미국에서 근무일까지 다 채우고 같이 나오려면 자기의 배가 너무 불러있기 때문이었다.

또 나이가 좀 든 여인 중에는 한글로 편지 쓰는 일도 서툴렀

던 사람들이 있어서 대필도 해주었다. 또 그때 동두천에는 집 집마다 전화가 보급되어 있지 않아 편지 또는 메모를 자주 이용하였다. 물론 그런 일을 대행해 주는 '오피스'라는 이름의 업체가 있었지만 그곳까지는 버스를 타고 나가야 되고 사생활이 낯선 이에게 노출되는 것도 싫기도 했을 것이다. 그런데 그들에게 나는 편안한 이웃집 아줌마였다. 그래서 나에게 종종 부탁하기도 했다.

기지촌 여인들에게 한글로 편지를 써오면 내가 영문으로 옮겨 기꺼이 주마했다. 그녀들의 부족한 표현이나 부실한 내용의 편지도 내가 살을 붙여서 매끄럽게 완성하고 읽어주면 좋아라 했다. 그리고는 그 편지을 영문으로 옮겨 주었는데 대체로 만족하게 여겼다. '쓸 줄은 몰라도 읽을 줄은 안다'는 말이 있는데, 내가 편지를 마무리해 주면 고마워했는데 대부분 그녀들은 중 고등학교는 졸업한 사람들이었다.

"아줌마 학생 때 소설가나 시인 지망생이셨어요?"

"연애편지 많이 써 보셨나봐."

라며 나를 추켜세우며 고마워하였다.

"우리 아저씨랑은 편지 왕래가 없었어. 그러니까 연애편지 잘 쓴다고 소문나면 안 돼. 과거 있는 여자인 게 들통 나는 거잖아."

나의 너스레에 그녀들은 웃느라고 숨넘어가는 소리를 했다.

나는 그때 무엇을 보았는가. 기지촌 그녀들도 우리와 똑같은 사람인 것을 느끼게 된 것이다. 나도 처음에는 그녀들에게 편견이 있었다. '왜 저렇게 되었나?' '왜 저렇게 사는가?' 그러나 차츰 이모저모를 알게 되었다. 반세기도 더 전으로 거슬러 올라갔을 적에 폐쇄된 우리 사회 어느 구석에서 무슨 일이 있었는지 누가 알고 있겠는가. 공장이든 점원생활이든 원하면 일자리는 얼마든지 있다고 하여 따라왔지만 그녀들은 수렁에 빠진 것이다.

감시당하니 도망도 못 가고 따지고 대들어보아야 가죽혁대로 얻어맞는 일이 되돌아올 뿐이었다. 70년대부터는 '미군 장교홀 고소득 보장'이란 광고로 유인했던 것이다.

나는 그녀들에게 우리 집을 개방했다. 사랑방이 필요한 그녀들이다. 미군 남편이 새벽에 출근하여 캠프에서 아침식사를 하므로 늦게 일어나도 된다. 그리고는 삼삼오오 같은 처지

끼리 모여서 아침 겸 점심을 먹는다. 그리고는 고스톱이나 치고 막걸리 파티도 하고 잡담을 나누다가 다섯 시면 미군들 퇴근 시간에 맞추어 자기 집으로 돌아가는 것이 그녀들의 일상이다.

우리 집 서쪽 담장 안에는 큰 은행나무가 있어서 여름날 긴긴 오후 볕을 가려주었다. 짙푸른 등나무 그늘 아래 평상만큼 시원한 곳이 또 있을까? 옥잠화 꽃향기 그윽하고 담을 따라 올라가면 피워있는 담황색 능소화가 있어 더더욱 좋았다.

우리 집에 자주 놀러오는 한 여인은 중학교를 졸업한 행세를 했지만 실은 ABC도 몰랐다. 그녀가 영어 기초부터 개인지도 받고 싶다고 해서 요청을 받아들여 영어기초를 가르쳐 주시도 했다.

나는 그녀들의 삶을 소재로 소설을 써보려는 생각을 하고 있었기에 그녀들의 아기 돌잔치나 그 외 이런저런 일로 초대를 받으면 꼭 참석하곤 했다.

그녀들만의 이야기들을 귀담아 듣기 위해서였다. 그리고 열심히 메모를 했다. 얼마 전까지만 해도 소설을 써보겠다는 생각조차도 하지 않았던 내가 더구나 단편소설 한 편도 습작

해 본 적도 없었다. 나는 대담하게도 장편소설을 쓰기로 한 것이다.

중고교 다닐 때 우리 학교에는 문예 강좌가 있었다. 처음에는 중학 2학년 여름 방학 때 도서실에서 여러 날에 걸쳐 강의가 있었다. 그런데 방학 중에 학교에 나와야 하기에 학생들의 참석률이 저조하다고 여겼는지 이후부터는 부정기적이지만 방과 후에 강좌를 들을 수 있었다. 김동리, 오영수, 박영준, 최정희, 박남수, 서정주, 박목월, 박두진, 조지훈, 김용호, 김현승, 강소천 그리고 평론가 희곡작가이신 조민현, 이광래 선생님 등 지금 대충 기억나는 분들이다. 시인 김용팔 선생님이 교무주임이었는데 그분 덕분인가 짐작하고 있다. 특히 기억나는 일은 조지훈 선생님 말씀이다. 누가 질문을 했다.

"좋은 글을 쓰려면 감정이 풍부해야 된다는 말씀도 있는데 무슨 뜻입니까?"

"어떤 말을 쓸 것인가보다 쓰지 않을 것인가가 더 중요하다."

친구의 질문에 대한 선생님의 말씀이었다. 이어서 이것저

것을 늘어놓으면 안 된다. 함축성 있게 꼭 필요한 것을 표현해야 한다고 하셨다. 중학생 때 국어 교과서에 실렸던 선생님의 시 〈승무〉를 외우고 있었지만 나는 그분의 말씀이 시에 한정된 말씀이라고 여겨지지는 않았다. 그래서 그 말씀을 염두에 두고 쓰기로 했다.

조지훈 선생님의 말씀을 금과옥조로 여기고 소설의 문장을 써나갔겠다고 다짐을 했는데, 학창시절에 그분의 말씀을 들을 수 있었던 것은 참으로 큰 행운이었다.

나의 소설을 읽은 이들 중엔 "실화 아니냐?" 묻거나, "실화 같다"고 단정하는 이도 있다. 현실에서 그런 일이 있으면 소설 같다고 할 것이다. 혹시 그곳에는 그런 소설거리가 널려 있으리라고, 소문으로 떠돌 거라고 여기는 이가 있을지도 모르겠다.

기지촌 그녀들과 날마다 마주앉아 밥을 먹고 가슴속 심정을 털어놓는 사이로 지냈어도 금기사항이 있었는데 서로의 고향이나 나이 등 신상 문제는 묻지도 말하지도 않아야 한다. 그것의 그녀들의 세계의 불문율이었다.

한 여인이 어느 날 불쑥 나에게 말을 했다.

"내가 다니는 학원 원장님한테 아줌마 이야기를 했더니 보고 싶다고 모시고 오라는데요?"

"이상하네, 학원 원장님이 나 같은 아줌마가 왜 궁금할까?"

"선생님이 필요한가 봐요."

어쩌면 소설의 소재 하나 더 건질 수도 있을지 모른다는 생각에 나는 그녀를 따라나섰다.

그게 계기가 되어 나는 자기 소개서를 써내고 테스트를 받고 수습기간을 거친 뒤 그 학원에서 영어 초급반을 한동안 가르쳤다. 아무리 위대한 작가라도 아는 사실 이상은 못 쓴다고 했다.

영어학원이 있는 거리에는 화랑도 있었다. 남들은 무심코 지나치는데 나는 왜 그 앞에서 발걸음을 늦추며 고개를 돌려 쇼윈도의 전시품을 흐뭇하게 바라보곤 했는가. 예술을 좋아하는 편이고 화가가 되고 싶었던 건 아니었지만, 학창 시절에 그림의 기초인 데생수업을 받았었는데 응용미술과 지망생으로 실기시험을 위한 것이었다.

어느 가을날 나는 그 화랑에서 가을 풍경을 그린 유화 한

점을 샀고, 이 고장이 배경인 소설에 화랑도 그려 넣고 싶다는 생각을 하게 되었다.

화가이며 화랑주인인 중년남자가 소설 속의 주요 등장인물이 되는 구상을 하고 있었다. "그래, 그 거다." 나는 손뼉을 치며 혼자 환호했다. 그리고 가슴이 콩콩 뛰는 열병을 며칠 앓았고, 소설앓이로 이어졌다. 꼭짓점을 설정해 놓고 그곳을 향해 필연과 사건과 우여곡절이 전개된 것이다.

1981년 봄에 작은 아이가 초등학교 입학을 했다. 그래서 가족이 다 나가고 난 뒤에 작품을 썼고, 오후에 집안일을 했다.

"무엇하느라고 꼼짝 않고 집에 있어요? 놀러 좀 오세요. 왜 그렇게 종종걸음을 치세요?"

이웃 부인네들이 말하곤 했다. 나는 웃음으로 대답했다. 오전에는 쓰는 일에 몰두하고 다른 일들을 모아서 해야 하니 바빠 움직여야만 했다.

그 해 초겨울쯤에서 〈어머니의 초상화〉 초고를 대강 완성했다. 그리고 고칠 곳, 보충할 것, 삭제할 것 등이 생각날 때마다 메모를 했고, 초고를 바탕으로 해서 일 년에 한 차례씩 고쳐

썼다. 들여다볼수록 부족한 부분이 눈에 띄고 보완해야 할 대목도 생겨 다듬고 또 다듬다보니 작품은 조금씩 나아졌다.

모교의 국어교사이신 수필가 백시영 선생님을 뵈온 때가 1985년 5월이었다.

〈여고생 일기〉라는 책을 출간하시는데 혹시 그때의 일기 같은 것이 있느냐고 하셔서 그렇다고 말씀 드렸더니 언제 연락하고 오라고 하셔서 찾아뵈었다.

은사님을 찾아 뵐 때 우리는 이미 서울로 이사를 한 상태였다. 큰아이가 중학교에 다니고 있었는데, 선생님도 나의 모교가 서울 강남구로 이전함에 따라 그 지역 아파트에 살고 계셨다.

선생님이 편저한 〈여고생 일기〉에는 나의 선배 언니의 글도 실려 있다. 선생님을 뵙고 나는 장편소설을 썼다는 말씀을 드렸더니 읽어보시겠다고 하셨다.

나의 소설을 다 읽으신 선생님께서 "쓰느라고 애 많이 썼다"면서 장편 공모에 응모해보라고 하셨다.

"재미있어서 불리할 텐데요?"

"소설로서 뼈대가 있고 노력한 흔적이 보이니까 좋은 평을 받을 거야."

선생님께서는 내 소설원고를 읽으면서 미흡한 구절을 다듬어 주시고 표시해 놓으셨다. 그걸 참조하여 나는 또 한 번 고쳐 쓰는 걸 마다하지 않았다.

모 여성지에서 1960년대 말부터 여성을 대상으로 장편소설을 공모하였는데 그해 뽑힌 당선작들은 별책부록으로 묶어 배포하곤 했다. 2회 응모작 중에 〈옥합을 깨뜨릴 때〉라는 당선작에 못 미친 가작으로 뽑힌 작품이 있었다.

그런데 여성지 부록으로 끝난 게 아니고 단행본으로 다시 출간되어 베스트셀러 순위에 오르고 1971년에는 영화로도 제작되었다.

이후에도 매해 당선작이 나왔지만 그렇게 호평을 받은 작품은 없는 걸로 기억한다.

〈옥합을 깨뜨릴 때〉는 재미있고 작품성도 있다는 심사평도 있었지만, 내 개인적인 의견으로는 그 여성지에서 뽑은 수십 편 소설 중에 〈옥합을 깨뜨릴 때〉만한 작품도 드물었다. 우리는 재미있는 소설을 품위 없는 작품으로 괄시해 왔던 게 아니었을까. 소설은 교과서가 아니다. 소설은 소설다우면 되는 것이다. '가장 공정한 평가자는 독자'라는 말이 있다. 우리는 소설 독자도 적고 책 안 읽는 국민이 되어 있다. 이 바쁘고 할 일 많은 세상에 재미없는 책을 누가 읽겠는가?

은사님께서 응모해 보라는 말씀에 용기를 얻어 나도 모 여성지에 내가 쓴 소설을 응모했다. 당선작에 이름을 올리진 못했지만 최종심 심사평에서 내 작품에 대한 문장력을 칭찬했고 재미있다고는 평을 했다. 이어서 내 소설에 대한 단점을 지적했는데 내가 그대로 받아들이기에는 의외의 평가였다. 출생의 비밀, 이별, 해후, 순수한 사랑, 배신, 일탈 등 인간의 갖가지 형태가 그려져 있지만 섹스, 폭력은 눈에 띄지 않는다고 했는데 그게 어디 지적당할 일인가 싶었던 것이다.

2003년에 내가 쓴 소설을 한 권의 소설집으로 출간하려 마음을 먹었다. 그리고 실행에 옮겨 〈어머니의 초상화〉란 제목으로 출간하였다.

책이 나오고 광고를 많이 하지는 않았지만 그 심사평을 인

용한 덕분에 성공했다고 믿고 있다. 한동안 대형서점 '잘 팔리
는 책' 코너에 진열될 만큼 인기를 얻었다.

내가 백시영 선생님을 찾아뵙지 않았으면 여성지에 응모할
생각도 못했을 것이고 최종심에 올라 심사평에 오르는 일도
없었을 것이다. 모교 은사님의 은혜를 입게 된 것이다.

출판사의 권유로 광고 문안은 내가 작성했다.

"의사를 아버지로 저명한 문인을 어머니로 둔 여주인공이
미군과 동거생활을 하는데 화가 지망생이었던 그녀는 기지촌
의 화랑에서 자기 어머니의 초상화를 발견한다."

"군더더기가 거의 없는 투명한 문장이 호감이 가고 재미있
게 읽힌다. 여주인공이 전락하여 기지촌에서 양공주 노릇하
는 대목은 놀라우리만큼 실감나게 그려져 있다…. 전체적으
로 오락성이 앞선 작품이라고 아니할 수가 없다."는 심사평으
로 장편공모 최종심에서 뽑힐 수는 없었지만 이 혼돈 혼란의
상처 많은 세상에 희망을 주는 소설이다. 여주인공은 그 곳을
뚫고 나와 새 길을 찾게 되는 것이다.

이 소설을 읽고 나에게 격려의 말씀을 주신 분들이 많다. "추구하는 감성은 녹슬지 않는다고 한다. 괴테는 나이 80에 〈파우스트〉를 썼고, 피카소도 90대의 작품이 걸작으로 꼽힌다."

그리고 선생님이 집필하신 〈淑明(숙명)70년사〉 280페이지에 영광스럽게도 내 이름과 일기 한 편이 올라가 있다. 다음은 그 내용이다.

노벨 문학상 수상자이며 〈대지(大地)〉〈숨은 꽃〉〈북경에서 온 편지〉를 비롯한 세계적인 걸작품을 낸 바 있는 펄벅은 1960년 11월 3일 숙명여중고에 초청되어, 강당에서 고등학교 학생 전원을 상대로 오후 1시부터 약 30분간 〈여성의 생활〉이라는 제목 아래 강연을 하였다. 당시의 학생인 金靜子는,

"지난 1일 내한하신 펄벅 여사 본교 방문. 파란 모자에 파란 옷, 소녀처럼 가늘고 앳된 목소리, 그리고 동양을 깊이 아는 분이어서일까? 다른 외국인보다 친근감이 느껴지다. 시식실

(試食室)에서 한국 음식으로 점심을 드시고 선물 교환, 그리고 강연회가 있었다. 물론 짧은 며칠간의 스케줄도 모르는 건 아니지만, 그저 누가 납치라도 해가는 듯이 양편에서 부축 보호를 하며, 빨리 빨리 진행하는 사람들에게 조금 얄미운 감정이 일다.”라고 그 날의 감상을 일기에 기록했다. 그날의 강연의 요지는 모든 여성은 제2세를 교육하는 교육자로서의 의무가 있다는 것이었다.

장편응모 소설이 낙선된 이후, 백시영 선생님 덕분으로 도움 말씀 주실 분을 소개 받았는데 모 일간신문 문화부 기자였다. 그분은 “단편소설을 책 한 권 분량 쓴 다음에 이 작품을 발표하라”면서 그래야만 작가로서 오래 살아남는다고 하셨다. 90퍼센트 이상이 등단작품이 마지막 작품이 되는데 이는 준비 없이 작품 한 편 만 써놓고 발표했기 때문이라고 하셨다.

나는 그분 말씀을 전적으로 동감했지만 “저 단편소설 쓸 줄 모르는데요.”라고 했다.

얼마나 한심한 소리였는지, 모르면 배워서 해야 할 일이 아니던가.

"쓰실 수 있습니다. 어렵게 생각지 마십시오. 한 단면을 깊이 있게 써 내려가면 됩니다."

라면서 그 기자는 한국의 유수한 잡지사나 신문사에서 해마다 장편소설을 공모하여 수십 년간 매해 당선자를 내고 있지만, 당선자들 중에는 당선작 이외 다른 작품을 발표한 이를 꼽으라면 다섯 손가락도 필요하지 않다는 말까지 했다.

나는 문화센터에 등록하여 소설 강의를 들으러 다녔다. 그런데 문화센터의 수업방식은 주로 회원이 배포한 단편을 같이 읽고 합평회를 갖는 식이었다.

그런데 합평회에 오른 작품들이 아마추어의 작품이고 또 완벽한 작품이 못 되기에 거의 비판을 받았다. 나는 장편을 쓴 이후여서 작품의 소중함을 알기에 그들의 작품을 평하려니 조심스러웠다. 그래서 좋은 점과 칭찬할 점을 찾아보려 애썼다.

지금도 합평회에서 거론된 기억나는 작품이다. 강원도의 황태덕장에서 일하는 불우한 청년이 주인공인 소설이었는데 나에게는 감동적인 면이 있었다.

"추운 겨울의 추운 장소가 배경인데 읽고 난 느낌은 아주 따뜻했습니다…"였는데 왜 그런가에 대해 말했고 수정하면 좋을 것이라 생각하는 부분을 지적했을 것이다. 나는 문화센터에 강의를 들으면서 단편소설 여섯 편을 쓰고 난 뒤 책 한 권 분량은 될 것 같아 내가 쓴 장편소설을 가다듬어 2003년에 〈어머니의 초상화〉라는 이름으로 세상에 나오게 되었다.

"불운했던 이가 크게 된다"는 말이 있다.

작품발표에 미흡함이 있었기에 나는 계속 쓰려고 했던 것 같다. 그래서 이 책 자전에세이 〈발가벗은 변호사〉도 쓰고 있는 게 아닌가 생각해 본다.

청년 Y를 알게 된 건 앞에서도 썼지만 내가 숙명여자고등학교 2학년 2반 27번이어서였다.

학창시절 나의 키는 항상 중간보다 조금 큰 정도였다. 키대로 번호가 정해지던 때여서 35~40번이 비교적 정확한 나의 위치일 것이다. 그러나 '도토리 키재기'여서 번호를 정할 때 어디에 서느냐에 따라 번호가 결정되곤 했다. 어느 해는 35, 앞에 있는 친구가 많아서 47번이었던 해도 있었고, 심지어 19번이기도 했다.

고등학교 2학년 27번을 배정받을 때의 일이다. 내가 도착했을 땐 이미 줄이 대강 형성되어 있었다. 중간쯤에 서야 할 것 같아 뒤쪽으로 가고 있었다.

"이리 와. 내 앞에 서."

나에게 웃는 얼굴로 양 팔을 벌리는 친구가 있었는데 그래서 그 애 앞자리에 자리를 잡게 되었다. 그래서 나는 27번, 그 애는 28번이 되어 그 애와 짝이 되었다.

그 애가 바로 고등학교 2학년 때 짝인 이정수, 그 친구에 관한 이야기를 쓰지 않을 수 없다. 그는 왜 나를 불러서 앞에 세워주었는가.

나는 5학년 2학기 때 서울로 전학을 왔다. 서대문구 북아현동에 자리한 북성초등학교였는데 당시는 중학교 진학은 시험을 치르던 때였다. 중학과 여중으로 되어 있었으니까 진학 지도의 편리를 위해서였을까. 서울에서는 5학년부터 남학생반 여학생 반으로 나뉘어 있었다.

북성초등학교의 뒤 교사 아래층 출입구에서 바른 쪽으로 있는 세 개의 교실은 5학년 여자반인 5, 6, 7반 교실이었다. 나는 6반으로 배정되었고, 5반 복도를 지나서 6반 교실을 드나들 수 있었다. 7반 교실은 5, 6반 교실을 지나쳐야 했다.

어느 날 우리 교실의 복도를 7반의 한 아이를 보는 순간 시선이 딱 멈췄다. '아리잠직하다'는 말이 있는데 그 아이가 그러했다. '7반의 어떤 아이, 참 예쁘네'라고 여기다가 잊을 수도 있었는데 나는 그 아이가 자꾸만 보고 싶었다. 특이한 감정이었다. 우리 복도를 지나는 7반 아이들을 유심히 살피곤 했지만 그 아이를 쉽게 발견할 수는 없었다. 한 반 정원이 중·고교가 60명이고, 초등학교는 그 이상으로 콩나물 교실이었다. 1950년대는 국가 재정이 어려워 학교나 교실을 늘려지을 형편도 못되어서이다. 그래서 저학년은 2부제 수업을 하는 등 정신없던 시절이었다.

그 아이는 양 갈래로 짧게 땋은 머리에 이마를 웨이브로 살짝 가린 모습이 동화 속의 소녀 같았다. 나는 간혹 그가 눈에 띄면 안 보일 때까지 바라보곤 했다. 어느 날 나는 그 애를 언제나 확실히 볼 수 있는 상황을 터득했다.

월요일에는 전교생이 운동장에서 조례를 했다. 조례가 끝나고 교실로 들어가는 순서는 5반 그리고 6반, 7반 순서이다.

6반인 우리 반 친구들이 다 교실로 들어가서 제 자리에 앉아 있지만 나는 복도에 남아서 교실 쪽으로 등을 붙이고 서서 그 애를 기다리곤 했다. 방학식 개학식 등 운동장에서 모임이 있는 날도 그랬다.

그 애를 가까이에서 보니 체격은 나와 비슷했고 옷차림은 단정했다. 그 아이가 바로 고등학교 2학년 때 짝 이정수다.

그 해 긴 겨울방학을 지내고, 짧은 봄방학 후 새 학년을 맞이하였다.

그 아이와 나는 6학년 8반 같은 반이 되었다. 5학년 때 그애를 좋아해서 혼자 바라보곤 했으니 그 아이에게 말도 건네면서 친하게 지낼 수는 있었겠으나 나는 전혀 그러지 않았다. 그저 평범한 한 반 친구일 뿐이었다.

왜 그랬을까. 나는 그애와 같은 교실에서 지낸다는 사실이 느긋함을 갖게 했는지도 모르겠다. 정수는 공부도 잘하고 학우들 간의 신망도 높아 학예부장에 뽑혔다.

내가 서울로 전학 와서 기가 눌린 건 아니다. 서울 아이들도 별 수 없다는 걸 곧 알았기 때문이다.

5학년 2학기 사회교과서에 가입이라는 단어가 나왔는데 공부 잘 하는 아이가 "선생님, 가입이 뭐예요?"라는 질문을 했다. 선생님은 "가입이 무언지 아는 사람…?" 하고 전체에게 물으셨다. 그런데 손든 학생은 나 하나였다. 선생님은 '얘들이 이것을 왜 모르지?' 하고 어이없으신 표정이었다. 그때는 한자교육을 많이 시키던 때여서 초등학교 교과서에도 괄호 속에 한자를 같이 기재했다. 가세, 가담할 때 쓰는 '가(加)'자, 학교에 들어가는 것을 입학이라고 하니까 그 '입'자는 들어갈 '입(入)'자다. '가입'은 모임이나 단체에 들어가는 것임을 나는 알았기에 손을 들었던 것이다.

선생님은 "손 내려" 하시더니, "들어가는 것이잖아. 유엔(UN)에 들어가는 것을 유엔에 가입이라고 하는 것이지." 국어교과서의 새 낱말은 참고서에 풀이가 되어 있었는데 사회 교과서라서 그렇지 않았다. 참고서는 모든 학생이 다 갖고 있었다. 시험을 보면 줄 단위로 시험지를 거두어서 선생님의 지시에 따라 교환하여 채점을 했다. 선생님이 불러주시는 모범답안에 의해서였다. 그리고 되돌려서 자기 시험지를 받게 된다. 그리고 선생님 말씀에 따라 "백 점 (손들어), 95점(또는 95점

이상), 90점, 85점", 이렇게 학생들은 자기 점수에서 손을 들었다. 85점이 하한선이었다. 80점부터는 손드는 학생이 많아서 별 의미가 없어서 생략되었다. 손드는 학생들은 대략 정해져 있었다. 그때는 나도 공부를 잘 해서 손드는 학생 중 하나였다.

5학년 몇 개월간 조금 알게 된 주변 친구들과 또 헤어져서 새 학년 새 반 편성으로 낯선 아이가 됐던 나는 겨우 외톨이를 면할 즈음인 한 달 후에 다시 전학을 가게 된다. 정수와도 한 달 학우로 끝나는 구나… 그때는 그렇게 알았다.

11개월 후 중학교 입학식 날이었다. 모든 일과를 끝내고 하교시간이었다. 교문 가까이 다다랐을 때 뒤에서 귀에 익은 음성이 들렸다. 돌아보았더니 정수였다. 언니로 보이는 젊은 여인과 같이 오고 있었다. 정수도 웃었다. 그도 나를 알아보았다. '어머 정수야 반갑다. 몇 반 됐어?' 그럴 수도 있었는데 너무 갑작스럽고 수줍어서 그냥 아무 말은 하지 않았다. 처음엔 그렇게 표정인사만 나누었다.

그 뒤 교내에서 마주치면 웃는 얼굴로 손을 흔들며 가벼운

인사는 나누다가 교정에 마주앉아 이야기를 나누게 되었다.

"누구는 어디 갔어?"

나는 기억나는 친구들을 물으면 그는 대답해 주고 또 나 전학 온 이후 그 반에서 있었던 일 등을 들려주었다.

"거기서는 우리 학교 몇이나 왔어?"

"몰라. 우리 반에서는 나 하나 지원했는데…."

내 물음에 정수는 답했다.

그것은 합격생은 정수 한 사람이란 뜻이다. 같은 학교 출신이면 정수와 내가 그랬듯이 서로 알아보게 된다. 여자 반이 네 학급이나 되었으니 다른 반에서도 지원자는 있을 수 있는 일이었다.

그랬던 정수와 내가 또 고등학교 2학년 때에야 같은 반이 된 것이다.

아버지는 〈애국행진곡〉 작사자[*]

나는 북성초등학교를 다닌 지 9개월 만에 또 전학을 가야
했다.

아버지가 충남 공주군 의당면 의당초등학교 교사직에 사직
서를 내고 서울에서 복직했는데, 이듬해 봄 영등포구 당산초
등학교 교사로 발령이 났기 때문이다.

아버지께서 출퇴근하시기 좋은 학교 근처로 이사를 가야 했
다. 지금은 당산철교, 양화대교 등이 있어서 사통오달 교통이
편리해졌지만 그때 당시엔 버스 타고 종로로 가서 영등포행으
로 갈아타고 용산에서 한강을 건너야 했다.

---

[*] 애국행진곡 작사자 : 김옥제(金玉濟, 1922년생 작고)

공주로 오시기 전 아버지는 부여에 계셨다. 부여에서 근무하시던 학교는 소유하고 있는 토지가 많았다. 그 토지에서 얻어지는 소작료를 교장선생님이 독점을 하곤 했다. 보다 못한 교사들이 건의문을 올렸는데 소작료의 절반만 교장 선생님 몫으로 하고 나머지 절반은 십여 명 교사를 비롯한 교직원들에게 나누어 달라는 건의문이었다. 그 건의문에 아버지 이름이 대표로 올린 것이다. '떠밀려서 할 수 없이 응했다'는 말씀을 나도 들은 적이 있다. 그 당시 우리 할머니가 부여극장 사주일 정도로 우리 집은 부유했다.

'비교육적인 일에 교사들을 선동'했다는 죄목이었을까? 그 일로 아버지는 교장 선생님께 밉게 보여 본보기로 좌천 발령이 내려졌다. 그때가 1950년 봄으로 6·25전쟁 발발 몇 개월 전이었다. 아버지가 공주에 재직하던 전쟁 중에 먼저 근무했던 부여군 ○○면 ○○초등학교 교직원 열네 명이 전원 사망하게 된다.

전국 방방곡곡에서 그런 저런 사유로 희생된 이들이 부지기수라고 들어왔다. 내가 유년시절을 보낸 공주군 의당면 월곡리 안골마을에도 그런 일로 가족 잃은 젊은 미망인이 여럿이었다. '누구 아버지는 아무 일도 하지 않았는데 불려나가 죽었다'라는 말도 들은 적이 있다.

2010년은 6·25한국전쟁 60주년이 되는 해이다. 특집 방송 시청으로 알게 된 민간인 포함 희생자가 총 250만 명이란 대목이 잊히지 않는다.

아버지는 의당면이 산골이라고 들으셨다지만 와서 보니 비교적 평야지대였다고 하셨다. '텃밭 딸린 관사도 있고 살 만한 곳'이라고 여겼다고 했다. 먼저의 부여 그 학교는 버스 다니는 도로가 가까웠지만 의당면의 가운데 위치한 월곡리에 학교, 면사무소와 지서, 보건소가 있었는데 그 곳에서는 십리(4km)를 걸어 나가야 천안 공주간의 국도가 있었다.

부여극장과 극장주의 집을 동시에 건축한 듯 할머니 댁은 대로를 사이에 두고 극장과 마주보고 있었다. 대문 위 아치로 된 부분에 젖빛의 등이 있고 이중창문을 갖춘 일본식 문화주택이었다. 벽 밖으로 나와 있게 설치된 유리창과 안쪽 문과의 간격은 삼십 센티는 된 듯하다. 겨울이면 남쪽 창은 방안에 햇빛을 담뿍 넣어주었다.

복도 오른쪽으로 온돌인 안방과 부엌, 목욕실, 탈의실인 작은 다다미방이 있었는데, 그 집의 특징은 안방과 부엌 사이에 밥상의 통로가 있는 점이었다. 사방과 높이가 1미터정도 되는 공간이었는데 부엌에서 문을 열고 그곳에 상을 차려놓으면 방 안으로 들여놓고 식사를 할 수 있게 되어 있었다.

왼쪽으로는 넓은 다다미방이 있었는데, 안쪽 구석의 다다미 한 장을 드러내면 마루방이 나왔다. 그곳은 열리게 되어있어 사람이 드나들 수 있었다. 마당에 우물과 꽃밭, 창고가 있었지만, 다다미방 밑에 비밀창고가 있는 셈이었다.

6·25전쟁 때 피난을 가면서 가져가기 어려운 귀중품은 그곳에 두었다. 그때 보관했던 할머니 유품 '쌍용어피함'이 1998년도 〈TV쇼 진품명품〉에서 고가품으로 감정받기도 했다. 이백 년쯤 전에 제작된 것으로 보이고, 대모(거북이가죽)와 상어가죽이 바탕재질이라고 했고 나전(자개)으로 청, 황 두 마리의 용이 번쩍이는 커다란 함이었다.

할머니 진지그릇이 참으로 예뻤다. 산촌의 굴뚝에서 피어오르는 연기 빛과 흡사하다고 할까. 오묘한 색조에 솔잎 문양이 있고 뚜껑이 그릇 안으로 들어가게 제작된 것이었다. 그리고 청화백자 화로도 있었다. 어른이 양팔 벌려 안아야 할 한 아름의 넓이에 키도 오십 센티는 넘어보였다.

아버지의 전근으로 부여에서 어차피 떠날 사람이라고 집도 헐값으로 사려 하더라는 말도 들은 적이 있다. 우리는 6월에야 이삿짐을 꾸렸다.

지금처럼 3월에 학년이 시작된 건 1961년 5·16군사정변 이후이다. 그때는 4월에 새 학년이 시작되었다. 자동차가 귀하던 때여서 두 대의 말 수레에 이삿짐을 싣고 백마강 건너 부여 읍내까지 오는데 하루가 걸렸다. 교통도 불편한데 아이들을 데리고 나들이하기도 어려우니 며칠 쉬었다 떠나기로 했다. 밑반찬을 만든다거나 준비해야 할 일도 있었을 것이다.

그런데 그 며칠 사이에 큰 일이 났다. 6·25전쟁이 터진 것이다.

여관업을 하던 외갓집에 아이들도 있는 가족단위의 손님들로 꽉 찼다. 집안이 시끌벅적했다. 전에 없던 일로 짐작이 되지 않아 "웬 사람들이 한꺼번에 왔냐?"고 물었던 것 같다.

"서울에 나쁜 이들이 쳐들어왔다. 그래서 무서워 도망 온 거래."

엄마인지 이모인지가 그렇게 대답해줬다. 6·25무렵 우리 국민들은 대부분 한복차림이었고, 방한복이라야 솜옷을 주로 입었다. 여우목도리를 두른 할머니는 나를 데리고 양장점에 가서 손등이 덮이도록 큼직하게 겨울코트를 맞추어 주었다.

우리도 농촌의 사랑채를 빌려서 피난처로 가 있기도 했는데 갑자기 더 깊은 산골로 들어갔는데 아마도 1·4후퇴 때였을 것이다.

거기서 만난 어떤 이가 내 두툼한 코트를 만지며 "호사했네. 무엇한다고 이렇게 좋은 걸 해 입혔나?"는 말을 했다.

부여 읍내 시장 쪽에서 부여중학 방향으로 대로를 가다가 오층탑을 지나면 극장 쪽으로 뾰족지붕 아래 창문으로 금발머리 소녀가 내다볼 것 같은 동화 속에 나옴직한 예쁜 집이었다. 그런데 어느 날 보니까 그 집이 없어졌다. 집 부서진 파편들이 널려있는 곳에 우물만이 덩그러니 남아있었다.

누가 말해 주지도 않았지만 나도 묻지 않았다. 알고 있었으니까. 비행기가 폭격이라는 것을 해서 그리 되었으리라는 것을.

1951년 여름에 공주로 이사를 했는데, 아직 전쟁 중이었지만 후방은 잠잠한 듯 했다. 공주 금강다리도 끊어져서 나룻배로 건넜다. 공주에서 초등학교 다닐 때 아버지가 6·25때 겪은 이야기를 누군가에게 하는 걸 들은 적이 있다.

"젊은이들은 남하하라." 시달이 떨어지면 지체 없이 떠나야 했다고 한다. 륙색을 메고 어디까지 갔다가 되돌아오던 때였다. 인민군들을 만난 것이다. 가슴에 총구를 갖다 대는데, '나도 이제 끝이구나' 여겼다고 했다. 눈앞에서 총 맞고 쓰러지는 장면도 목격했으니까. "무엇하는 놈이냐?" 그들이 신분을 묻고 살해했다는 것이다. 여러 사람이 모두 죽어야 할 이유를 갖고 있지 않았겠지만 대답을 한 이중 여럿이 죽었다는 것이다. 아버지 차례가 되어서 "국민학교에서 아이들 가르치는 선생이요." 했더니 얼른 총대를 치우면서 "선생님, 선생님은 어서 가시라우요" 해서 살아서 돌아왔다고 하셨다.

훗날 내가 이런 글을 쓰게 될 줄 미리 알았더라면, 좀 더 상세한 것을 여쭈었을 텐데 아쉽다. 날짜는 대강 언제이며, 어느 지역이었으며 등 자세한 것을 알았더라면 좋았을 걸 싶다.

군경은 말할 것도 없고 일반 공무원이나 교사들까지 살해대상으로 교육받고 내려왔다는 말이 있다. 교사를 포함시킨 것은 반공교육을 시켰으리라는 전제 아래 그리한 것일까. 인민군들은 십칠팔 세의 소년병들이었다고 한다. 그 소년병은 학교와 선생님에 대한 좋은 기억을 갖고 있었던 것이 아니었을까. 그래서 차마 선생님께 그럴 수 없었음이었을까?

1953년 휴전협정이 진행되는 동안 정부에서는 국민들의 아픔과 고통을 치유해야 되고 폐허가 된 조국을 복구하기 위한 방안이 논의되었을 것이다. 그 중에는 애국심을 고취시킬 수 있는 국민가요를 제정하여 보급하자는 방안도 채택이 되었나 보다. 공보부에서는 전 국민을 상대로 새로 제정할 애국행진곡의 노랫말을 공모하게 된다. 아버지가 응모한 노랫말이 당선되면서 의당면이 떠들썩했다.

〈애국행진곡〉이 김옥제(아버지) 작사, 이흥렬 선생님 작곡으로 완성된 노래는 혼성 합창으로 출반되었다. 조례가 끝나면 확성기에서 흘러나오는 〈애국행진곡〉에 발맞추어 운동장을 한 바퀴 행진한 뒤 교실로 들어갔다. 음악 시간에는 〈애국행진곡〉 노래를 배우기도 했다. 당시 전국의 초중고에서 다 그랬을 것이다. 라디오에서도 자주 들을 수 있었다. 연세 드신 분 중에는 그 노래를 기억하는 분들이 많을 것이다.

다음은 아버지의 〈애국행진곡〉 노랫말이다.

〈애국행진곡〉

김옥제 작사 | 이흥렬 작곡

〈1절〉

아침 햇빛 동녘에 솟아오른다
반만년 이어 나온 조국강토에
힘차게 다가온다 광명은 온다
단군의 자손들아 같이 손잡고
찬란한 역사위에 피어난 문화
온 세계에 빛내라 우리의 자랑

〈후렴〉

강산 삼천리 겨레 삼천만

무궁한 자유대한 씩씩도 하다

〈2절〉

동해의 푸른 물결 끓어오른다

백두산 줄기높은 기상과 같이

힘차게 뛰어왔다 맥박은 뛴다

대한의 아들딸아 같이 손잡고

뭉쳐진 피땀으로 세운 이 나라

온 세계에 외치자 우리의 정신

휴전 협정이 체결되고 '스위스의 국제 적십자사 본부에 보
내는 감사문' 공모에 응모하였는데 학생 부문에서 내가 당선
되었다. 당시 지구상 최빈국 중의 하나인 가난한 나라에서 전
쟁까지 치르느라 얼마나 어려웠을까. 적십자사의 구호품과
의약품 등의 원조가 없었으면 어찌되었겠는가.

초등학교 저학년인 내가 무엇을 얼마나 알아서 썼겠는가.

선생님이 많이 고쳐준 덕분일 것이다.

공주는 교육도시다. 당시 읍 소재지 중에서는 가장 많은 학교가 있는 곳이었다. 충청도 뿐 아니라 전라도 등지에서 유학 온 학생들로 젊은이의 고장이었다. 교육구청이 신설됨을 기념하는 뜻이라 했던 듯하다. 교육에 관한 초등학생 웅변대회가 있었다. 아버지가 원고를 쓰고 학생을 선발 지도하여 대회에 나갔는데 1등을 했다. 공주사대 부속초등학교, 공주사범 부속초등학교, 공주읍내 여러 초등학교 다 물리치고 면소재지 초등학교에서 올라온 학생이 1등을 한 것이다.

"지도교사가 애국행진곡 작사가래."

아버지의 명성이 자자했다고 한다.

아버지의 별칭은 음악선생님이었다. 조회 때 애국가 봉창(奉唱)의 지휘자였고 또 풍금을 잘 쳐서 학예회 때 무대의 한 옆에 설치한 풍금 앞에 앉아 반주를 했다. 행진곡 등은 우렁차고 힘차게 도라지타령 등 민요는 감미롭고 간드러지게 연주를 했다. 그런데 작곡 아닌 작사지만 〈애국행진곡〉 노래를 만든 선생님이니 당연한 음악 선생님이 된 것일까.

그래서였는지 인근 면소재지 다섯 초등학교의 성악 콩쿠르 참가를 앞두고 지도교사 위임을 맡게 된다. 합창은 혼성 이중창이었고 지정곡 자유곡이 있었다. 합창 다섯 팀, 독창은 한 학교에서 두 사람 이내로 참가하도록 했으니 열 사람이 경합을 하게 된 것이다. 학교 앞으로 버스 도로가 있는 정안면 정안초등학교에서 대회는 열렸다. 결과는 아버지가 지도한 의당초등학교가 합창 1등, 독창 1, 2등을 차지했다. 다른 학교한테 미안할 정도가 아닌가. 순위는 3등까지만 발표가 되었다.

지도력이 있었는지 운이 좋았는지 늘 좋은 결과였고, 공주사대 부속초등학교, 공주사범 부속초등학교 그리고 대전사범 부속초등학교에서도 모셔가려 했다. 요즈음 식으로 말하자면 스카우트 제의를 받은 것이다.

'공주시 중동'이 우리의 본적이다. 그러나 아버지는 "선친이 잘 안된 곳이어서 공주에서는 살고 싶지 않다"고 하셨는데 할아버지께서 공주에서 사업하시다가 재산을 잃었다는 소리를 들었다.

"그럼, 대전으로 갈까? 그러느니 서울로 가련다."

아버지 말씀이었다. 공주와 대전은 같은 충남권이어서 전근을 할 수 있었지만 서울은 달랐다. 사직을 하고나서 서울에서 복직 절차를 밟아야 했다. 누가 도와주는 것이 아니고 서울에서 복직을 하는 일은 아버지 혼자 힘으로 노력해야 하는 일이다. 그럼에도 아버지는 서울행을 택했던 것이다.

아버지는 내가 이름에 대해 콤플렉스를 갖기 전인 초등학생때 "이름을 고쳐줘야겠다"며 은혜 '은', 벼슬 '경'을 써서 은경(恩卿)이라고 지어놓았다. 그런데 끝내 내 이름은 개명절차를 밟지 못했다.

그때 우리 집이 공주 읍내에 있었더라면 내 이름이 개명되었겠으나 직장에 다니시는 아버지에게는 쉬운 일이 아니었다. 아버지의 학교일과를 일찍 마쳤다 해도 본적지가 있는 공주 읍내까지 나가려면 시간이 많이 걸리고 도착했을 때는 이미 읍사무소의 업무가 끝나버린 시간이다. 겨울방학 때는 너무 춥고, 여름방학 때는 또 무더운 길을 몇 킬로씩 걸어가야 하니 차일피일 미루게 되었다. 서울로 이주할 계획을 하고 복직을 위한 일로 방학이면 빈번하게 서울에 다니시느라 또 시간이 없었고, 서울로 이사 오고부터는 본적지가 멀어졌으니 내 개명은 흐지부지 되었다.

당시에는 도로사정, 자동차 성능이 지금 같지 않아 충청도에 가려해도 온종일 걸렸다. 해방직전에 태어나서 일본 이름 시즈꼬인데 그것을 한글로 바꾸면 끝에 아들 '자(子)'자가 들어가는 이름이 된다. 그 무렵에 태어난 여자들이 대부분 그런 이름을 가진 이유이다. '김신월'이라는 이름은 잡지사에 장편을 응모할 때 내가 즉흥적으로 쓴 필명이다. 마감 날 겨우 제출했지만, 본명으로 낼 뜻은 아니었는데도 평소에 필명에 관한 생각을 별로 못했다. 소설에만 너무 몰두했던 것 같다. 심사평을 받게 되었기에 그 이름을 그냥 쓰기로 했다.

서울 이사 와서 가장 좋았던 건 나 혼자서도 서점에 갈 수 있는 것이었다. 시골서는 읍내가 하도 멀어서 혼자서는 갈 꿈도 못 꾸었다. 자동차가 귀했고 버스도 정기노선조차 없던 때였다.

상급학년 때 소풍으로 공주박물관과 공산성 등을 가 본 게 전부였고, 읍내초등학교 가을 운동회에도 몇 차례 다녀왔을 뿐이었다. 운동회는 토요일에 했는데 단축수업을 하고 갔던 것 같다. 희망자는 선생님과 동행했다.

서울로 이사 온 건 내가 5학년 때라고 앞서도 말을 했지만 그때 우리는 북아현동에서 살았다. 그때 한 달에 한 번씩 서점에 가서 중고생 월간 잡지인 『학원』을 사는 일이 참 즐거웠다.

『학원』과의 인연은 시골학교 4학년 때 설치된 학급문고에서 부터이다. '각자 우리가 읽을 만한 것으로 집에 있는 책을 가져올 것'해서 모으고 또 학급비를 거두어 부족한 신간 동화책 등을 구입하여 마련했다. 『학원』은 형이나 언니가 있던 친구가 가져왔을 것이다. 몇 권의 『학원』을 보았는데 유익하고 재미있다고 느꼈다. 특히 명랑소설 〈청운의 합창〉이 끝나고 남궁동자가 주인공인 〈은하의 곡〉이 새로 연재되었는데 아주 재미있게 읽었다.

『학원』은 내가 중고생일 때도 빠뜨리지 않고 구독했다. 책을 사면 매달 학교에 가져가서 친구들에게도 빌려주었다. 그들은 쉬는 시간에 화보와 만화 등을 돌려가며 보았다. 그러면서 "얘는 시인이 될 거니까 이런 책도 봐야지" 했다. 친구 희원이가 "너는 시를 잘 써서 좋겠다. 막연하게 공부만 하는 사람은 너무 많아서 그 중에서 뛰어나기란 어렵자"라는 것이었다. 나는 내심 놀랐다. 어떻게 그런 생각을 할 줄 아는가 싶었다.

『학원』에 실리는 학생 작품도 좋았다.

글을 쓴 분의 이름은 기억 못하지만 지금도 기억한다.

　나는 가난한 슈샤인 보이

　거칠은 내 마음에도 눈은 내리고……

　청솔 푸른 그늘에 앉아

　서울 친구의 편지를 읽는다……

이런 시 구절은 지금도 잊히지 않는다.

중학 1학년 첫 작문 시간이 있던 날 봄비가 내렸다.

"다음 이 시간까지 비에 대한 글을 한 작품씩 써 오세요. 시 또는 산문 어느 것이나 좋습니다."

선생님 말씀에 나는 〈비 오는 날의 심정〉이라는 산문을 써 냈다. 소녀적인 감상을 적은 것이었다. 지금은 첫 구절밖에 생각이 안 난다.

"거리거리에 우산 꽃이 피는 비 오는 날이 나는 싫지 않
다…."

선생님은 유일하게 나의 작품을 수업시간에 낭독해 주셨다.

중 2때도 작문시간에 산문 〈오후의 사향(思鄕)〉을 써 냈는
데 선생님께서 좋은 작품 하나가 숙란(학교신문)에 실려 나올
것이라고 하셨는데 신문을 받아보니 내 작품이었다. 중학
1·2학년 때는 일주일에 한 시간씩 작문수업이 있었다.

중학 1학년 2학기 국어교과서에는 학생 시 몇 작품이 실렸
다. 수업을 시작하면서 담당 선생님은 맨 앞 어느 학생의 책상
을 손으로 치시며 그 시를 읽으라고 하셨다. 그는 일어서서
보통 국어책 읽듯이 낭독을 했다. 선생님은 70점이라고 하셨
다. 나는 선생님의 기대를 알아차렸다. 뒤의 친구, 또 다음 친
구도 시를 읽었고 같은 점수였다. 넷째 줄에 앉아있던 내 차례
가 되었다. 느리고도 높낮이가 있는 억양으로 나는 시낭송의
흉내를 내었다.

꿈의 빛

꿈이란 게 빛이 있다면

아마 파란 빛일 꺼다……

나는 앞 친구보다는 높은 점수를 받았다

시는 중 3때 2편, 고 1·2때 2편 도합 4편이 학교신문에
실렸다. 신문은 한 달에 한 번씩 발행되는 월간이었다. 박명성
선생님은 백일장에 나갈 수 있도록 해주시곤 했는데 수상자가
못 되어서 죄송스럽기만 했다. 그런데 늘 수상을 하던 동급생
이 있었다. 그는 "나이 사십 안쪽에 노벨문학상 따오겠다."고
했다. 나는 그 말을 믿었다. 워낙 출중한 인물이었다.

또 다른 친구가 있었다. '나는 저 애의 노력과 재능을 도저
히 따라갈 수 없다'고 느끼게 한 학생이다. 내가 보기엔 그 친
구는 작품 쓰느라고 잠도 안 자고 사는 것 같았다. 콩트, 단편
소설, 시나리오 등 많이 써 가지고 있으니 그 중에서 수상작품
은 나올 수밖에 없다. 여름방학 어느 날 학우들 서너 명이 그
의 집으로 놀러갔다. 꽃과 나무가 아름다운 정원 속의 이층

양옥이었다. 그의 엄마는 "장래 문단과 화단을 화려하게 빛낼 여류들이시네" 하셨고, 대접도 융숭했다. 그의 엄마는 당신의 딸이 문인이 될 것을 완전히 믿고 있었다.

그 두 친구가 문인이 될 것을 누구도 의심하지 않았다. 명문 대학도 나왔고 그녀들에겐 부족함이란 없었다.

'그 열정은 어디로 가고 조용히 잠잠히 살고 있는가?'

젊었을 때는 고개가 갸웃해졌다. 그런데 나이가 들고 보니 수긍이 됐다. 고등학생 때 울어보기를 했는가. 모든 일이 승승 장구 뜻대로 되었으니 구태여 글을 써서 풀어야 할 여한이 있겠는가.

"글은 아무나 쓰는 게 아니다"라는 말이 있다. 〈토지〉의 작가 박경리 선생님은 6·25 전쟁이라는 혼란기에 바깥어른이 세상을 떠나고 뒤이어 어린 아들도 사고로 잃었다.

그분은 "괴로워서 글을 썼다. 괴롭지 않았으면 안 썼을 것이다."라고 하셨다. 내가 중학에 입학했을 때 박경리 선생님의 소설 〈호수〉가 학교신문에 연재되고 있었다. 고등학교 2학년 때까지 이어졌다.

내 소녀시절 일기에 A로 등장하는, '남산신호등이 슬픈 빛' 이라던 A 이야기를 써야겠다. 그 친구도 글을 쓰고 싶어 했다. 나는 A가 쓴 글을 읽은 적은 없지만 좋은 작품을 쓸 수 있는 소양을 갖춘 인물인 것을 알고 있다. 어느 아침 버스에 올랐더니 A가 있었다. 같이 내려 우산을 쓴 채 학교를 향하며 나는 말했다. "나 비 오는 날 외는 보통 걸어 다녀. 그럼 직선코스로 다니니까 10분은 절약돼." 버스노선은 서울역 앞으로 돌아가게 되어 있어서였다.

그 날 이후 나와 A의 관계는 달라졌다. 하교시간에 A는 버스를 타기 위해 광화문으로 가고 나는 종로 네거리 쪽으로 가는데 그 길은 바로 학교 앞에서 갈라졌다. 그 이전에 만나게 되면 A는 "나도 걸어가야지" 하며 나에게 다가왔다. 그래서 여러 차례 같이 걸었다.

A는 왜 나와 가까워지고 싶어 했는가. 나를 글 잘 쓰는 아이로 기억하고 있어서였을 것이다. 우리는 중학 2학년 때 같은 반이었다. 그 해에 내 산문 〈오후의 사향(思鄕)〉이 학교 신문에 발표되었고, 작문교과서에서 학급신문에 대하여 수업을 한 후 중2 모든 반에서 학급신문을 제작했는데 우리 반 신문

에 내 시가 실렸다.

어느 날, 누군가가 "꽃꽂이 연구가 ○○○선생님이 A엄마래."라고 했다. 학급 정원이 60명이던 때니까 같은 반이었어도 잘 모르는 경우도 있었다. 가난하던 시절에 웬 꽃꽂이냐고 의아해 할 수도 있는데 그때는 다른 다양함이 적었던 듯하다. 꽃꽂이도 여성의 덕목 중 하나여서 신부수업 종목에도 들어있었다. 꽃꽂이 전시회도 있었고, 여성지 화보의 '이 달의 꽃꽂이' 페이지는 얼마나 환상적인 볼거리였던가. 봄부터 가을까지는 교문 앞에 꽃장수가 오는 날이 많았고, 꽃 행상도 있었다. 먹을 것 장수는 날마다 지나쳤지만 꽃은 금방 시드는 게 아니니까 "꽃 사세요" 소리도 이따금 들을 수 있었다. 우리 학교도 고 1때 가정시간을 빌려 꽃꽂이 수업을 받았다. 강사 선생님은 A의 어머니였다.

을지로 입구에서 명동으로 들어섰고 지금의 명동역에 이르면 길을 건너서 "안녕, 잘 가" 인사를 나눈 후 나는 당시 병무청이 있던 쪽으로 들어가고 A는 퇴계로 길을 따라 대한극장 방향으로 계속 가야 했다. 그런데 A는 그곳 정류장에서 버스를 탔을 수도 있다. 나는 20여 분 거리지만 A는 학교에서 그의 집까지 걷기에는 먼 길이었다. 학교에서 집으로 가는 길은 남산을 바라보게 되어 있었다. 해가 짧은 겨울에는 이미 남산 신호등이 켜진 뒤였다. 비행물의 안전을 위해 설치된 것이라는 불빛은 남산 정상을 정점으로 해서 양쪽으로 길게 늘어서 있었다. A는 말했다. "장례행렬처럼 슬퍼 보인다"고. 나도 네온이며 신호들이 원색이어도 숨 쉬는 생명체가 아니니 우울한 색조일 수밖에 없다고 여겨오던 때이기는 했다.

1962년도에 많은 영화에서 남녀주인공 역할을 한 배우들이 간통죄로 피소된 일이 있었다. 두 사람은 수갑을 찬 채 웃는 얼굴이 사진에 찍혔고, 악마의 웃음이라는 등 맹비난을 당했다. 사회 각계 인사의 의견도 신문에 실렸는데 A도 그 기사를 읽었던 듯하다. 어느 여류 문인도 역시 같은 의견이었다, 있을 수 없는 일이라는.

"얘, 글을 쓰면 남들과 다른 점도 있어야지. 뭐 그럴 수도 있는 일이지."

나는 그때 놀랐다. 어떻게 그 나이에 그런 생각을 할 수 있을까. 아니 그 나이니까 그럴 수가 있었을 것이다. 어느 날 A는 이런 이야기도 꺼냈다.

"나 ○○○ 언니네 집 알아뒀다. 단편소설 써가지고 오면 봐 달라고 했더니 그런다고 했어. 너도 단편소설 쓰거든 가져가 봐. 내가 집 알려줄게. 멀지도 않아."

그래서 그 날은 명동 사거리에서 성당 쪽으로 꺾어져 백병 원 앞을 지나 중부경찰서 맞은편 동네인 언니네 집에 갔다. 마침 언니가 집에 있어서 만났다.

언니는 전국 여고생 문학 콩쿠르 단편소설 부문에서 1등을 한 이인데 그 봄에 졸업을 해서 학교에서는 만날 수 없었다. A는 재학 중의 주소를 알아가지고 집을 찾아간 듯 했다. 그리 고 A와 일신초등학교 옆에서 작별인사를 하고 반대 방향으로 집을 향하게 됐는데 나는 돌아서서 A의 뒷모습을 한참 바라보 았다. 좋은 작품을 써서 발표하고 싶은 마음이 얼마나 간절했 으면 그렇게 고심을 했을까. 나도 같이 응모하면 경쟁자가 또 하나 늘게 되는데도 그렇게 대해주다니 고마웠다.

그러나 A와 나는 고등학생 때 단편소설을 쓰지는 못했다. 그러나 그 감동은 오래 갔다. 오늘날 학교 폭력이니 뭐니 해서 문제가 많은데 어디서부터 무엇이 잘못되었는지는 모르지만 학우들 간의 추억, 인간관계 그런 것이 없는 것도 중요한 원인

일 것 같다. 우리가 자랄 때는 따돌림 같은 것이 없었다. 아니, 어려운 친구가 있으면 도와주었다.

고3때 내 짝이었던 착한 친구 이경애를 소개해야겠다. 학교나 관공서, 일반회사 등에 정식직원 외에 잔심부름이나 허드렛일을 하는 소년 소녀가 있었다. 1960년대엔 그들을 사환 또는 급사라고 불렀다. 우리 학교에도 교무실에 그런 소녀 두 명이 있었다. 그런데 어느 날 보니까 그 중 하나는 우리와 중학교까지 같이 다녔던 아이였다. 나와 같은 반이 된 적이 없어서 그의 이름은 모르지만 분명 그 애는 중학교 동창이었다.

3학년 어느 날, 내 짝 이경애와 그애가 긴밀한 사이인 것을 알았다. 나는 3학년 때도 2반이었다. 그런데 1반과 2반이 교무실과 같은 층에 있어서 우연히 알게 되었다.

대학 입시를 앞둔 3학년인데도 요리실습을 여러 번 했는데 그때마다 경애가 자기 몫을 먹지 않고 고스란히 교무실에서 일하는 그애에게 갖다 주었다.

요리실습이 끝나면 접시에 나누어 받은 후 둘러앉아 시식을 한다. 만드는 동안에 냄새를 맡곤 하니까 먹고 싶어진다. 많은 분량을 받는 것도 아니어서 누구라도 가져가는 이는 없었다. 경애만 낮에 일하고 밤에 공부하는 친구를 위해 먹지 않고 가져갔다.

　나는 어느 날 경애에게 물었다.

　"그애 우리와 중학교 동창이잖아. 그런데 왜 그렇게 됐어?"

　"엄마랑 둘이 살았는데 엄마가 아파서 일을 못하셔. 그래서 ○○여상 야간부로 진학했어."

라고 그애 형편을 이야기해 주었다. 나는 어떤 계기로 두 사람이 그렇게 가까운 사이가 되었는지 묻지는 않았다. 경애는 당시 오빠가 미국으로 유학을 갈만큼 유복한 집 아이였다.

　나는 나중에 후회했다. 왜 그때 조금이라도 내 몫을 그애에게 보태주지 못했던가. 경애가 받지도 않았겠지만 그런 생각조차 나는 못했다. 경애는 그 애를 잘 알고 나는 그렇지 못했다고 하더라도 짝인 경애가 하는 일에 나는 왜 모른 척 했나 뉘우쳤었다.

　영등포구의 당산초등학교에서 2년 근무 후 아버지는 도심지 초등학교로 전근된다. 따라서 나는 중학 2학년부터 버스를 이용하지 않고 걸어서 학교에 다니게 된다.

서울이 좁던 때였다. 지금의 명동역과 남산 사이에 있는 동네에 살았다. 이사 온 그곳에서는 명동 충무로 을지로 그리고 신세계, 미도파 백화점, 남대문시장이 지척이었고 시청, 그리고 종로, 개봉영화관들도 걸어서 다닐 수 있는 거리였다. 이곳은 서울 중에서도 집값이 비싼 곳이었다.

우리의 영등포의 집을 팔아서는 이곳에서 집을 매입할 수가 없었다. 경제가 불안정하고 인플레가 심하여 '팔면 손해'라는 말이 상식이던 때였다. 영등포 집의 전세금을 받고 이러저러해서 역시 전셋집으로 이사를 오게 된다.

이렇게 도심 학교에서 6년 근무하신 아버지는 또다시 중간지역으로 전근 가실 시기가 되었다. 부모님께서는 이동 발령이 나면 얼른 그 동네에 가서 집을 매입하기 위해 영등포 집을 미리 팔아가지고 있었다. 3월 초 새 학년부터는 새 부임지로 출근해야 되니까 서둘러야 했다. 그런데 어느 날 바로 우리 이웃에 살다가 몇 백 미터 떨어진 곳으로 이사했던 여인이 찾아왔다.

"우리 옆집이 급매물로 나왔는데 그 집 사시면 좋을 것 같아요.”

"그렇잖아도 남편이 전근되어서 ○○동으로 요즘 집 보러 다녀요. 오늘 내일 결정하려고 하는데……."

여인의 말에 엄마가 한 대답이다.

이웃 여인 말 대로 부모님은 급매물인 그 집을 샀는데 싼 이유가 있었다. 집터가 시유지였는데 그 부근의 집들은 다 그러했다. 건물 값, 건물에 대한 권리금 그것이 집값이었다. 대지는 나중에 서울시로부터 사들이면 된다는 것이었다. 그래서 우리는 그 동네에서 일 년을 더 살게 된다.

부모님은 일 년 뒤의 시세 차익을 생각하고 도심지의 이 집이 더 유리하리라는 판단에 그 집을 산 것이다.

당시 흔히 있던 집장사가 지은 새 집, 곧 이사할 수 있는 새 집 사기를 철회하고, 새로 계약한 집의 집수리를 하느라 살고 있던 집에서 한 달 가량을 더 머물게 되었다.

나는 이 시기에 Y로부터 1년 5개월여 만에 다시 편지를 받게 된다. 이사가 한 달 늦어지는 바람에 그의 편지를 받게 것이다.

1965년 봄으로 K대학교 법학과에 입학했다는 소식이었다. 객지 생활을 하는 Y로서 새롭게 시작하려니 여러 가지로 분주할 것이었다.

Y의 편지를 받은 게 3월 하순쯤이었던 것 같은데 만나자는 그에게 나는 만날 수 없겠다고 재차 거부 의사를 밝혔다.

그와 교류를 이어갈 뜻이 없음을 알렸는데도 Y는 일방적으로 날짜와 시간, 장소를 지정해서 나오라는 통보를 했다.

그 날이 4월 중순이었는데 우리 이사예정일의 다다음날이었다. 안 나가려고 했다. 그런데 처음 사귈 때 그에게 거짓말한 것을 그때까지 고백하지 못한 게 떠올랐다. 왜 진즉에 털어놓지 못했는지, 내가 생각해도 어이없었다.

처음에는 나의 거짓말이 두려웠고, 곧 Y도 이미 짐작하고 있음이 느껴졌다. 그럼에도 Y가 나에게 계속 편지를 하는 것으로 나의 거짓말은 용서했으리라는 판단하고 있었다. 이러저러 시간이 많이 흘렀고, 나는 다른 일에 골몰하다보니 거짓말한 것조차 기억이 희미해졌다고 할까. 시나브로 잊고 있었던 것이다.

나는 Y에게 이별을 통고한 지 오래이다. 그런데 오랜만에 다시 Y의 편지를 받게 되고, 일방적으로 만나자고 하니 당혹스럽기만 했다.

처음 거짓말로 시작되었던 그 일을 털어놓는 게 무엇이 어렵다고 미루었던가. '너에게 거짓말 했었다'는 말을 하기 위해 나는 그가 통고한 그 장소로 나갈 수밖에 없었다.

진지하지도 않은 나의 고백에 Y는 "알고 있었다"고 가볍게 응수했다.

그가 나에게 할 말이 있었겠지만 가슴에 품은 듯 시선을 다른 곳을 응시했다. 봄꽃이 숨죽이고 있었다.

'너만 하고 싶은 일이 있는 게 아니야. 나에게도 있어. 그러니까 너에게 도움을 줄 여력이 없어. 나는 대학입시에 실패했으니 사회생활을 할 수도 있겠지. 나에게 적은 수입이라도 생긴다면 부모님께 드려야지. 컸다고 아는 남자 위해서 쓰겠다고는 할 수 없어. 객관적으로 부족한 조건의 남자와 결혼한다고 하여 실망을 시키는 일은 할 수 있어도 다른 것은 나는 할 수 없다.'

나는 이 말을 속으로 삼키고 있었다.

그때는 사법시험 합격자가 한 회에 수십여 명 정도밖에 안되었다. 지금처럼 정해진 인원수만큼 뽑는 게 아니고 60점 이상자만 될 수 있었다. 그래서 모두 판검사 발령도 받고 이후에 변호사 개업을 해도 희소성으로 그들의 앞길은 탄탄대로였다.

나는 Y가 어려운 꿈을 꾸고 있다고 여기지 않았다. 이제까지 어려움을 이겨내고 명문대학에 합격한 Y라면 능히 해낼 것이라는 믿음도 있었다.

그런데 이후에 법조인 수효에 대하여 문제점이 끊임없이 논의되며 사법시험 합격자를 늘리게 되어 Y가 변호사 개업을 하던 1990년대 중반에는 변호사 개념이 달라져 있었다.

나는 책표지 디자이너가 되고 싶었다. 내가 소녀 때는 그런 일을 하는 이가 없었던 듯하다. 책표지도 화가들이 그렸다. 이후에 북 디자인학과나 시각디자인과 등 세분화된 학과도 생긴 것으로 알고 있다.

Y 그 사람과 헤어지고 난 뒤 뉘우쳐지는 일이 있었다.

'입학 축하해요. 참으로 장하세요. 모든 일이 순조롭게 잘될 겁니다'라고 솔직하게 축하해 주지 못한 게 후회로 남는다. 그래서 빌었다.

"부처님! 시험 볼 때 그 사람 아는 문제만 나오게 해 주세요."

왜 부처님이었나? 그가 써 보냈던 글 중에 "불가에서는 말하기를 이 세상에 우연이란 존재하지 않는다고 합니다"라는 구절이 있어서였다.

"이 세상에 하찮은 일 사소한 일이란 없다. 모든 것이 어떤 결과이고 새로운 일의 시작이다."

"빚은 갚고 받게 마련이다. 현세에서가 아니면 내세에서라도 그리 된다."

"뿌린 대로 거둔다."

"공짜는 없다."

세상 이치를 적어 모았더니 책 한 권 분량이었다. 줄이고 압축해서 한 마디로 요약했더니, "공짜는 없다"였다고 한다. 노력 없이 성공 없다는 뜻일 것이다.

Y의 이름을 신문에서 처음 본 것은 60년대 후반이었다. 세월이 더 흐르고, 다시 그의 이름을 신문을 통해서 보게 되었다. 새로운 판례에 관한 기사가 그의 이름과 함께 나온 적이

있다. 그때 Y는 서울 ○○지원 형사부 부장판사님이었다.

그리고 또 많은 세월이 흐른 후, 신문 일면의 Y의 변호사 개업인사 광고가 나왔다.

발가벗은 변호사
-Y 변호사와 만난 이야기

지금까지의 앞부분 원고를 Y변호사 사무실로 우송했다.

내가 앞으로 자전에세이를 출간하려는 중이라는 글과 함께 동봉한 편지에는 '보고하고 승낙 받을 이유는 없지만 도리인 지 예의인지 알려야 할 것 같아서 보낸다'고 썼다.

원고를 보내고 난 얼마 후 Y로부터 전화가 왔다.

"세상에 발가벗겨지게 생겼네."

라며 한탄하듯 웃어대더니 만나자고 했다. 그러나 나는 그의 웃음소리에 기분이 나빠져서 거절했다.

다음날 변호사 Y가 다시 전화를 해서는 정중하게 점심식사 라도 같이 하자고 했다.

"야외에서 봅시다. ○○역 ○번 출구로 나오면 공원이 있다. 그곳에서 봅시다."

내가 제의를 했다. Y와 스무 살 무렵에 한 번 만나고는 사십 년도 더 지나서 만나는 것이다.

"나 아주 잘 살고 있다오."

그가 나에게 들려준 첫마디였다.

"세월도 흘렀지만 많이 변했네. 저런 사람이 아니었는데."

그의 말에 내가 대꾸한 말이다.

소년 Y는 가끔 바닷가에 나가 먼 수평선을 바라보고, 꿈을 위해 외로움을 감내하는 사람, 썩 괜찮은 사람으로 여겨졌기에 나는 그와 교제를 했었다. 이제 잘되어서 잘 살고 있다고? 다른 여자와 잘 살고 있다고? 그렇게 강조했어야 했단 말인가?

그러나 그는 잘 살고 있지 못했다. 이만큼 산 사람이라면 사람을 대하면 직관적으로 오는 느낌이 있는데, 이는 누구도 얄팍한 말솜씨로는 속일 수 없는 일이다. 자식 여럿 공부시켜서 시집보내고 나면 보통 그럴 것이다. 그런데 그에게는 아직도 뒷바라지해야 할 늦둥이도 있었다. 막내인 아들을 일컬으며 취직이 안 되는 세상이라고 투덜댔다. 변호사라고 해서 모두 높은 소득을 올리는 게 아님은 알려진 일이다. Y가 법률사무실을 개설한 90년대 중반부터 지금까지 변호사 수가 포화상태이지 않던가.

그와 대화를 이어가는 중에 "일 년에 천 명씩 뽑아 놓으니" 하며 불만을 표하기도 했다. 또 "공산성(공주에 있는 산성공원)가 봤어?" 묻는 그의 어감이나 표정에서 '나는 가보았는데 너는 못 가보았지?' 하는 듯 여겨졌다.

내 고향이 공주인 것을 그는 60년대부터 알고 있었고 그에게 보낸 원고에는 내가 자란 의당면에서 공주 읍내까지가 아이 혼자 가기에는 먼 곳이라는 구절이 있다. 자동차가 귀해서 면소재지까지 정기 버스노선이 없던 때라는 구절도 읽었을 터인데.

"초등학생 때 소풍갔었지. 지금도 초등학교 동창회 하러 일 년에 두 차례 공주 다녀와. 졸업장이야 서울 당산초등학교에서 받았지만."

그는 또 이렇게 물었다.

"○○여고가 강남으로 이전했는데 알고 있어?"

그의 뜬금없는 질문에 나는 할 말을 잃었다. 우리 모교가 이전한 게 일이년 전도 아닌데, 많은 이들이 알고 있을 사실을 졸업생인 내가 어찌 모르겠는가.

Y는 정말, 내 원고를 제대로 읽기나 했는지, 의심이 되었다. 내 원고에 그 학교 선생님을 85년도에 뵈었다는 구절도 있다.

"벌써 오래 전이네. 85년도 당시 백 선생님이 ○○아파트(강남구 소재)에 사셨어."

두 번의 질문에 패배를 한 Y가 이번에는 나를 가르치기 시작했다.

"배신당한 일, 세상에 흔한데 글 쓸 거리가 되나? 그런 내용 누가 읽어야 좋을 것도 없겠다. 그때는 대학 들어가기 어려운 일 아니었어."

나는 눈썹 하나 까딱 안하고 이렇게 대꾸했다.

"헤어지기를 잘한 거야. 그러니까 뜻을 이루었겠지. 신은 한 사람에게 여러 가지를 주지는 않는데. 한 가지를 주면 한 가지는 빼앗아간다는 말도 있어."

상대방의 기가 꺾여야 하는데, 그래서 내가 자전에세이 출판을 막아야 하는데 전혀 그럴 기미가 보이지 않자 Y가 비로소 은근하게 말을 돌렸다.

"찾으려고 했었어. 왜 하필 이때야?"

같은 말을 연거푸 했다. '나는 지금 너에게 협상을 제의할 형편이 못 돼'라는 뜻으로 나에게 전달되어 왔다. 협상? 나는 협상하려고 그에게 원고를 보낸 게 아니다. 어느 날 문득 그 이야기를 써보고 싶다는 생각이 일어 쓰기로 한 것이다. 잘난 것 없는 더 많은 사람들에게 카타르시스를 느끼는 재미도 줄 것 같았다. 그러나 나의 이 글들이 마땅치 않는 이도 있을 수 있다. 그렇다면 묻겠다. 왜 그러냐고? Y는 나에게 계획적으로 접근해서 이런 일 저런 일 다 했는데 나는 왜 이런 글을 쓰면 안 되냐고?

나는 Y를 만났을 때 그가 이미 내 소설 〈어머니의 초상화〉를 읽었다는 느낌을 받았다.

음란죄, 반공죄 등 법의 저촉을 받는 내용이 아니면 책으로 펴낼 수 있음을 그가 모를 리 없었다.

그가 읽은 것은 출간된 책이 아니고 원고일 따름이었다. 얼마든지 수정이 가능한 일이다. 그런데도

"나, 아주 잘 살고 있다오." "대학 들어가기 어려운 일 아니었어."

내게 이런 말들을 해서 나에게 상처를 주어야만 했을까? 말 한마디로 천냥 빚도 갚는다 했는데 네가 그래도 변호사니? 혹 떼러 왔다가 혹 하나 더 붙이고 간 것 알고 있니?

Y와 헤어진 뒤 그렇게 여기고 있는데 사무실에 도착했다고 그에게서 전화가 왔다.

"나에게 해서 안 될 소리 많이 한 것 알고 있지?"

내 말에 그는 풀 죽은 목소리로

"용서해 줘."

사람이 항상 옳은 생각, 옳은 말, 옳은 행동만을 하고 살 수는 없을 것이다. 그래도 나는 도무지 이해가 되지 않았다.

며칠 후 그는 "글은 잘 쓰고 있는가?"라면서 전화를 했다.

"찾으려고 했어. 왜 하필 이때야?" 소리를 여러 번 했는데 이때거나 저때거나 그쪽이 무슨 상관이야? 우리가 서로 상의해가며 시기를 결정하는 그런 사이였어? 그리고 나를 찾으려고 마음만 먹었으면 '중구 남산동' 내가 살던 곳에만 갔다면 쉽게 내 소재를 알 수 있었겠지. 그곳 누구라도 만나서 물어보면 '그 집 아버지가 남산초등학교 교사였는데 ○○학교로 전근되어 이 곳을 떠났다'는 말을 들었을 터이고.

그는 "집을 못 찾았어."라고 변명을 했다.

"편지가 배달된 제대로 된 번지수의 가옥을 왜 못 찾아? 나찾지 않았어도 괜찮아. 내가 헤어지자고 했잖아. 헤어진 사람을 왜 찾아?"

그 날은 거기까지만 통화를 했다.

얼마 후 다시 연락을 한 그는 "○○지원 소리 빼고 고향도밝히지 마."라고 했다.

그에게 보낸 원고에는 그가 근무했던 법원과 살던 고장 이름이 나온다.

65년 봄, 그와 처음이자 마지막으로 만났을 때 "너 찾아갈거야" 했지만 그의 말이 나에게는 와 닿는 않았었다.

그에게는 성취해야 할 꿈이 있었고 형편도 어려웠기 때문이었다. 나는 그때 눈을 내려뜨고 Y를 쳐다보지도 않았다. 어차피 헤어질 사이인데, 왜 부득부득 만나자고 하는가. 대학 입시에 거듭 낙방한 이 마당에 왜 너까지 나타나 나를 괴롭히는가.
그런데 Y는 이렇게 말했다.

"나는 너를 고맙게 생각해."

훗날 뒤바뀐 감정으로 마주칠 줄을 그때는 상상도 못했다.
자신의 감추고 싶은 부분이 드러나는 글을 쓰겠다고 하니 Y는
그런 내가 얼마나 미울까?

그런데 나는 Y가 고맙다. 그가 하고픈 일을 해냈기에 내가
지금 이 글을 쓰고 있는 것이니까.

Y는 "잘못한 것도 없는데 마치 큰 잘못이라도 한 것처럼…"
중얼거렸고, "왜 진즉에 나를 찾지 않았어?"라고 다그쳤다.
그런 말 대신에 이랬으면 어땠을까? '내가 그랬지. 너 글 잘
쓴다고. 그러니까 나는 네가 이런 글을 써서 발표하겠다고 연
락해올 줄을 예측할 수도 있었어. 그런데 못했지. 그랬더라면
그의 가족이 읽어도 Y의 존재가 누구인지 모르게 가려주고
덮어주고 해야 하지 않을까. 판사 변호사 소리도 지우고 서울
의 명문대학을 다녔고 잘되어 있다 정도로 써야 하지 않을까

고심했을 것이다.

그 후 다시 Y는 나에게 만나자고 했다.

"싫어, 나 유치원생 아닌 줄 알면서 유치원생 취급하는 이를 왜 또 봐."

Y는 더 이상 연락하지 않았다. 혹시 ○○공원에서의 말들을 사과하고 싶었던 건 아니었을까. 뒤늦게 퍼뜩 정신이 나서 억눌러서라도 자기 뜻을 관철하려고 곱지 않은 눈초리를 보였으니 그러는 게 아니었다고, 펜을 쥐고 있는 이에게, 자신의 이야기를 쓰겠다는 이에게 그래서는 안 되었다고 느낀 걸까. 그러나 엎질러진 물이었다.

"나 아주 잘 살고 있다오." "대학 들어가기 어려운 일 아니었어." Y의 이 말들이 어이가 없었다. 그런데 시간이 흐를수록 "공산성 가 봤어?" "○○여고가 강남으로 이전했는데 알고 있어?" 했던 것에 고개가 갸웃해졌다.

'못 가 보았다?' '모른다' 하면 '고향땅인데? 그 사실도 몰라?'라며 면박을 주고 싶었던 것 같다.

'공산성 좋던데 알겠지? ○○여고가 강남으로 이전했지' 이렇게 해서 내 대답을 이끌어 내어 듣고 난 뒤에 다음 이야기를 해도 늦지 않은 것이다.

변호사 업무가 무엇인가? 대인사업 대화사업이 아닌가? 변호사 수효가 많아 경쟁이 심하다는 등의 다른 이유보다 폭 넓은 능력 정도가 최우선이 아닐까.

"지능지수보다 감성지수가 중요하며 성공여부는 감성지수에 달려 있다"는 말이 있다. Y가 미련한 인물이 아니라고 알고 있었기에 "저런 사람이 아니었는데…" 싶기도 했다. 젊은 시절 편지로 몇 개월 사귀었다고 해서 그에 대하여 속속들이 알 수는 없을 것이다. 혹은 그때는 성실한 청년이었지만 이제는 오만해져서 생각 없이 입에서 나오는 대로 말을 내뱉는 이가 되어 있을 수도 있다.

나는 Y에게 배신당했다고 여긴 적이 없다. 사귀다가 헤어진 것이다. 그리고 "너를 고맙게 생각해"라는 말도 진심으로 알았다. 이별하기 싫을 때는 고마운 존재였고 이제는 눈 흘기는 상대인가. "헤어지기를 잘한 거야"(우리가 맺어졌으면 행복했을까?) 그 소리는 차마 할 수 없어서 다른 말로 둘러대었다. Y와 사귈 때 좋기만 했던 건 아니다. 같은 문제를 놓고도 해석하는 차원이 각각이라고 일기에도 썼다.

Y와 사귀기 시작했을 때였다. 그는 영문으로 써 보냈던 첫 번 편지를 돌려달라고 했다. 나는 그것을 보내면서 "내 기억 속에서까지 지우지는 못할 것"이라고 했다. 그랬더니 Y는 그 영문편지를 나에게 도루 보내주었다. 그는 우리가 알게 된 사실의 증거물을 없애려고 했다. Y는 계획대로 안 되면 달아날 채비까지 하고 있었다.

내가 보낸 원고를 읽은 Y변호사는 '이렇게 짜여진 각본이었나, 그 여자에게 인과응보에 대해서도 써 보냈는데 이렇게 내 발등에 떨어질 줄이야.' 이런 심정이었을까.

여러 사람이 방담을 나누는 아침 시간의 TV프로가 있다. 40년대 후반에 출생한 이로 알고 있는 남성 출연자가 이런 이야기를 했다.

"형편이 되면 H중학을 가고 싶었는데 선생님이 신설된 K중학에 가면 학비를 면제받을 수 있다고 해서 거기를 나온 후

D상고 야간을 다니며 신문배달 등 이것저것 안 해본 일이 없는데 참으로 어려웠다.”

중학교 시험 치르고 들어가던 때, Y중학만 갈 수 있으면 더 바랄 게 없겠다고 여기는 이들도 많았다. 영등포구 일대에서는 가까운 명문이어서 더욱 그랬다. 그 Y중학에 아버지 반에서는 다섯 학생이 지원하여 전원 다 합격했다. 우수한 학생들이 많은 반을 맡으셨나보다. 다른 반에서는 한 사람 또는 두 사람이 되었다고 들었다. 아버지는 그러니까 다음 해에는 하기 싫어도 6학년 남자 반을 담임해야 했을 것이다. 희망했던 학교에 가는 이만 있던 건 아니었다. 진학을 포기해야 하는 이, 지원자가 입학정원에도 못 미치는 학교도 있었다. 그러니까 성적이 좋으면 선생님 추천으로 중학생이 될 수 있었다. 그때 아버지가 엄마에게 하는 이야기를 들었다.

“더 어려운 애는 교통비도 안 드는 가까운 데로 해 주고, 그나마 조금 나은 집 애는 또 다른 학교로 해야 되겠지.”

3년간 학비 감면 혜택을 받는 일이므로 한 학교에 여럿을 부탁하기도 어려웠을 것이다. 다른 반 선생님, 다른 초등학교에서도 청이 들어올 수 있을 테니까. 58년, 59년도 당산초등학교 졸업생 중에는 아버지를 기억하는 이들이 있을 것이다. 앞에 소개했던 TV 출연자의 6학년 때 담임교사나 우리 아버지만이 그런 일을 했던 게 아닐 것이다. 당시 전국의 모든 선생님들이 할 수만 있으면 하셨을 일이다.

Y변호사, 너의 엄마는 너를 중학에 보낼 능력이 없었다. 엄마에게 능력이 있었으면 야간이 아닌 주간을 다녔을 것이다. 누군가의 주선으로 야간이라도 다닌 것 같다. "집에 가던 비바람 속 밤길에서 공동묘지의 도깨비불도 보았다고 했으니 너의 엄마는 동생과 농촌인지 어촌인지에서 지낸 듯하다. 중학 이상의 학교는 도시에 있고 교통이 불편하던 때니까 결국 학교가 있는 지역에서 자취를 해야 했을 것이다. Y, 너는 일찍부터 자신의 숙식문제까지 감당해야 했던 것 같다. 관공서 사환자리도 아이 혼자 찾아서 들어갈 수 있던 곳이 아니다. 누군가가 너를 위해 수소문하고 부탁해서 주어졌을 것이다. 네가 학업을 이어갈 수 있도록 도움을 준 분이 있으리라고 짐작이 된다. 그런데 Y, 너는 그분께 고맙다는 뜻 한 번 제대로 전달 안한 것 같다. 자라는 동안에는 사는 일에 부대끼고 철이 없어

그럴 수 있지만 이후에도 모른 척하며 살아온 성싶다.

나에게 "공산성 가보았나?" 물었을 때, 자기가 고향을 등지고 사니까 남들도 그러는 줄 아는가보다 여겼겠지만 그래서가 아니다. Y, 너는 자신에게 불리하거나 떠올리기 싫은 일에는 딴청부리며 살아온 것 같다. Y, 너는 나에게 "이 세상에 우연이란 존재하지 않는다고 합니다"라고 써 보냈다. 많고 많은 사람 중에 왜 초등학교 교사의 딸인 나에게 네 존재를 알게 하여 나로 하여금 그런 의구심을 갖게 하는가?

2

개나리의
아픔

개나리의 아픔

이 세상에 와서 내가 가장 큰 죄를 진 건 서른 살 때이다. 아이 엄마인 기혼자로서 다섯 살 연하인 순진한 청년의 마음을 빼앗은 일이다. 철딱서니 없던 나로 인해 애송이 장교였던 그 청년은 참 많이도 아파했다. 이성준(가명)은 나의 소설 〈어머니의 초상화〉에서 여주인공과 잠시 순수한 사랑의 감정을 가져보는 강태진 중위의 모델이기도 하다.

소설 진행 중 'D. H. 로렌스'이야기를 이끌어내는데 중요한 역할을 하는 인물이다. 그를 몰랐더라면 그만큼 부족한 소설로 쓰였을 것이다. D. H. 로렌스는 영국작가로 26세 청년시절에 세 아이 엄마인 32세의 프리아라는 여인과 사랑에 빠져 도피행각을 벌이다가 결혼까지 하게 된다. 내가 이성준을 알게 된 경위는 소설 여주인공이 강태진을 알게 된 것과 같다.

〈봄날〉
개나리 꽃잎 네 갈래로 째지는 아픔 속에
한 뼘 가슴 붙안고 긴 노래 엮는 정성
한겨울 설레던 꿈이 그 얼굴에 또 숨는다

나의 이 삼행 시조가 어느 교양잡지 독자 시조란에 발표된 것을 보고 그는 편지를 띄운다. 원래는 〈송편〉을 투고하려 했다.

〈송편〉
움츠려도 알몸 옷은 없어 부끄러워도
가슴엔 벅차도록 꿈도 담아 오므렸구요.

그런데 여기에 딱 맞는 종장이 떠오르질 않았다. 그래서 이 작품은 더 생각해보기로 하고 〈봄, 관악산〉을 보내려고 했다.

〈봄, 관악산〉
겹겹의 새 잎에 걸러져서 바람 달큰하고
초경 빛깔로 터져버린 철쭉은 속살이 부끄러운데
짝 잃었나 산새 골짜기 넘치도록 피울음 우네

 철쭉은 늦봄에 피는 꽃이어서 시기적으로 빠르다고 생각되
어 보류했다. 시조는 3월호에 실려 나왔으니까 나는 겨울에
〈봄날〉을 써서 응모했다.
 그런데 잡지가 시판되고 얼마 후 낯선 한 장교로부터 편지
한 통을 받게 된다. 편지내용은 내 〈봄날〉의 시조를 적은 뒤
초장에 (   )를 치고는 무슨 뜻인지 잘 모르겠으니 해설을 해달
라는 요청이었다.
 "장교님이 그것도 모르시나요?"를 첫 구절로 해서 몇 줄 써
서 보냈다. 그리고 짤막한 글들이 몇 차례 오갔다. 그 남자는
나를 만나고 싶어 했다. 요리조리 핑계 대며 회피했다. 드디어
나를 찾아오겠다고 했고 나는 놀래가지고 털어놓았다.

 저는 결혼했습니다. 아기 엄마예요. 처음 그런 글을 주셨을 때

'저는 결혼한 여자…' 운운했더라면 어이 없으셨겠죠? '별 여자 다 보겠네. 누가 자기 보고 결혼하쟀나?' 단박에 그러셨을 거예요. 중위님한테 장난할 생각 전혀 없었습니다. 어쩌다 보니까 여기까지 왔군요……

그런데 바로 이 편지의 답이 금방 왔다. 여태껏 그렇게 빨리 온 적이 없었다. '어떻게 쓸 것인가?' 하루 이틀 궁리를 하고 필을 들었던 듯 늘 일정한 간격을 두고 그의 글이 왔었다. 그런데 내가 기혼자임을 알고는 그 자리에서 답을 써 보낸 것이다. 나는 두려워서 한동안 그 편지를 개봉하지 못했다.

편지 보았습니다.
그렇습니다.
세상 일이 다 자기 뜻대로 되어준다면 그것은 또 얼마나 재미없는 세상일까요?

나는 이 짧은 글을 읽고 이성준 그 남자한테 반했다. 그는 내가 기혼인 줄 모르고 초기에 온통 마음을 빼앗겼다. 그리고 지금 온전치 못하다. 그럼에도 '나 아무렇지도 않으니까 걱정 말'라는 뜻에 눈물겹도록 고맙고 또 죄스러웠다. 나는 당연히 아무 소식도 보내지 않았다. 그리고 2개월 가까이 지난 6월 하순이었다. 충남 해수욕장에 훈련 나와 있다고 연락을 주었다. 나는 여전히 답을 하지 않았다.

9월 마지막 일요일이었다. 그가 느닷없이 우리 집에 다녀간 것이다. 어이가 없었다. 예고도 없이 들이닥치면 나는 어쩌란 말인가. 그러나 이해하지 않으면 어쩌겠는가. 그는 제 정신이 아닌 듯 했다. 봄내 여름내 가을도 무르익고 있는데 여지껏 앓았단 말인가. 가을밤에 잠 못 이루고 뒤척이다가 불현듯이, 어떻게 생긴 물건인지 구경이나 하자. 혹시 무슨 사정이 있는 여자인지 알아보고 싶다 해서 무조건 쳐들어온 건지도 모른다.

돌 지나서 아장아장 걷는 작은아이까지 우리 네 식구는 집안의 결혼식에 갔다가 저물어서 돌아왔다. 마당에서 현관문이 보이는 안채에 우리가 거주하고 옆에선 친정부모가 사셨는데 이성준과 엄마가 만난 것이다.

"검은 베레모를 쓴 군인 두 사람이 왔었는데 다음 일요일에 또 온대.”

이성준이 혼자 오기가 어색하니까 동료 친구와 동행했을 것이다.

다음 일요일에 내가 그곳으로 가겠다고 연락을 보냈다. 자잘한 갈색 체크무늬 투피스를 입고 면회 신청한 이들이 기다리는 장소에 11시까지 갈 테니까 그리로 나오라고 했다.

나무 그늘아래 벤치가 있었다. 한 남자가 다가왔다. 그도 중위였다.

“이성준 중위 찾아오셨습니까?”

“네.”

“잠시만 기다리십시오. 곧 올 겁니다.”

점심식사 후 찻집에 마주 앉았다. 왜 그리도 집요하게 쳐다보는지 모를 일이었다. 무슨 탐색을 하려는 것인지 또는 ‘그대가 결혼한 일이 있어도 아기 엄마라도 나는 아무 상관없어요. 그대만 좋다면. 무슨 사정이 있어요? 알고 싶어요.’ 이런 표정 같았다.

‘남편 있어도, 남편과 아무 문제없어도 다른 남자한데 이끌

릴 수도 있어요. 그가 감동을 준다면 그럴 수도 있어요.'

투명한 가을 날 스산한 바람 속 그의 모습은 선량한 태가 뚝뚝 떨어진다고 할까. 눈코입이 큼직큼직한 대단한 미남이었다. 그리고 우수적인 표정이 너무 멋있었다. 젊음엔 고뇌도 따르게 마련 아닌가.

이성준을 나 혼자만 알고 싶었다. 세상에 그를 까발리고 싶지 않았다. 그래서 〈어머니의 초상화〉에서의 강 중위는 '덜 세련된 야성미의 사나이'로 얼버무렸다. 실제의 이성준은 참으로 따뜻하고 사려 깊은 이였다.

며칠 전인 10월 1일 국군의 날 행사 때 특전부대 낙하시범을 TV에서 본 모습이며 월남전을 배경으로 제작된 미국 영화 〈그린베레〉에 관한 이야기를 나누었다.

그리고 며칠 후 평일에 면회신청을 해서 그를 불러냈다. 버스 정류장까지 같이 걸었고 '보았으니 됐다'고 들어가라고 했다. 나 정말 왜 그랬는지 모르겠다. 참으로 잘못한 일이었다. 그 뿐만이 아니다. 애초에 왜 그를 찾아갔던가.

'다음 일요일에 다시 오겠다'는 말을 전해 들었을 때 '오시면 안 돼요. 우리는 만나서는 안 돼요. 그 날 오지 마세요. 나

집에 있지도 않을 거예요.' 이렇게 전달했어야 옳았다. 그런데 두 번이나 연거푸 자기를 찾아왔으니 '가정에 문제가 있는 여자다. 그리고 나를 좋아하고 있다.' 이렇게 단정한 것도 무리가 아닐 것이다. 이성준은 이런 글을 써 보냈다.

남편하고 같이 살고 있기는 한 겁니까? 꼭 알고 싶어요.

그런데 나는 대꾸를 하지 않았다. 정말 나 죄 많은 줄 알고 있다. 가정을 깨고 나올 생각도 없으면서 이 중위와 단절되는 건 싫었다. 지금처럼 이렇게 알고 지내는 것이 무엇이 그른가. 죄를 짓고 비밀을 갖자는 게 아니다. 연락을 하며 가끔 만나 차 마시며 이야기도 나누고 하는 일이 왜 부당할까? 세상이, 아니 이성준도 내 이런 뜻을 곧게 이해하려 할까 이래서 '남자는 여자 심리를 이해 못하고 여자는 남자 생리를 이해 못한다' 는 말이 있는가보다 여겨졌다.

가을이 깊더니 겨울이 닥쳤다. 크리스마스인데도 겨울답지 않은 포근한 날씨였다. 이 중위가 우리 집 대문 앞에 서 있는 것을 보고 많이 놀랐다. 한없이 가슴이 아프고 죄스러웠다. 그는 오래 있지는 않았다. 무엇에 홀린 듯이 정신없이 왔지만 도착하고 보니 자신도 당황스러웠을 것이다. 우리 식구에게도 이웃 사람에게도 보여서는 안 될 것 같아 가버렸겠지.

전철도 없던 시절, 서울 외곽지역 그의 부대에서 우리 집까지는 버스를 갈아타며 왕복 서너 시간 거리였다. 나는 그곳을 왕래할 때 택시를 이용했다. 그도 지루하니까 택시를 탔을까? 또는 숙소에 혼자 틀어박혀 있으나 차안에 있으나 그게 그거다 싶어서 버스를 택했을까.

해는 바뀌어 초봄인데 날씨는 몹시도 추웠다. 이 중위가 아픈 것 같았다. '답 좀 보내 달라'고 편지가 사오 일간 연속으로 들어왔다. 그래서 응하기는 했다.

남편이 지방으로 전근되어 곧 떠나요. 그동안 고마웠어요. 죄송하구요. 건승을 기원합니다.

나도 앓았다.

"저는 결혼했습니다. 아기 엄마예요…" 이 글 쓸 적에 정말로 미안하고 죄스러웠는데, 그가 딱하게 여겼을까?

'혹시 만약에, 남편 없는 여자라면 내가 구제해주고 싶다.' 이런 심정이었던 건 아니었을까?

남편이 있으면 출근도 안 했을 일요일 아침에 어떻게 다른 남자를 만나러 뛰어올 수가 있을까? 또 그의 어머니는 남편 있는 딸을 외간남자가 찾아왔는데 왜 질색을 하지 않았을까? 이런 의문을 가졌던 건 아니었을까?

지금은 조선시대도 아니고 나는 갇혀 사는 이가 아니다. 봄날이란 시조를 읽은 독자들의 편지는 3~4월 2개월간 날마다 몇 통씩 왔고 남편도 엄마도 알고 있었다. 사춘기 딸도 아니고, 탈선할 사람도 아닌데, 왜 엄마가 염려하고 단속해야 한단 말인가?

내가 프리다보다 도덕성이 양호하고 모성애가 강한 때문이 아니었다. 냉철한 면이 있었던 게 아니었을까. 이성준과 가까워지면 못 헤어질 것만 같았다. "지금의 가정을 택할 것인가. 이성준을 택할 것인가"에서 가정 편에 서기로 하고 그 남자와는 옷깃도 스쳐서는 안 되겠다고 여겼다. 아이들이 없었으면 남편을 배신했을지도 모른다. 이를테면 남들은 불륜이라고 하겠지만 당사자들은 그 날 헤어지면 다시는 못 볼지도 모르는 사이인 것이다. 그러니까 시간이 흘러도 싫증은커녕 애절한 심정이 되는 것이다.

누군가 눈물 흘리며 사랑을 애원하면 이미 배우자가 있을지라도 '알았어. 너 하자는 대로 할께'라고 마치 '심봉사가 공양미 삼백 석 시주하겠다' 하듯이 덜컥 약속해놓고, 자식과의 이별이 가슴 아프겠지만 새로운 사랑에게 돌아서는 경우도 있으리라. 그래서 세상에는 프리다를 비롯하여 자식 버린 엄마가 있는 것이리라.

프리다가 아이들 생각하며 많이 울었다고 'D. H. 로렌스' 저서에 나온다. 어미 마음이야 예나 지금이나 동서양이 다를 리가 있겠는가.

태안반도 끝자락에서

2008년 여름에 태안반도 끝자락 드르니항에 다녀왔다. 2007년 초겨울의 기름 유출 사고로 관광휴양지인 그곳은 거의 인적이 없었다. '남들은 자원봉사도 다녀왔는데, 우리는 그냥이라도 가자' 해서 당도했는데, 제대로 찾아온 듯 했다.

한산한 분위기가 휴식 공간으로 너무도 좋았다. 서울은 마른장마라고 더웠는데 냉방기기가 필요 없는 시원한 바닷바람 속에 짙푸른 녹음의 향기는 몸과 마음을 한없이 쾌적하게 해 주었다.

얼마만인가. 참으로 오랜만에 장마철 맹꽁이 우는소리도 들었다. 그곳에서 만난 주황색 산나리는 어린 날 산 너머에서 등교하는 친구들이 꺾어오던 꽃이었다. 색깔도 곱지만 줄기가 길어서 화병에 꽂기 좋았고 몇 송이만으로도 교실이 환했다. 채송화는 학교 화단에서 보던 소박한 생김새 그대로였다. 펜션의 각 숙박동도 야생화 이름이었다.

태안에서 지내는 동안 나는 유년 시절로 되돌아간 느낌이었다. 우리 인간의 모든 고뇌는 유년기로 되돌아갈 수 없다는 절망의식에서 시작된다고 한다. 유년시절이란 자아가 형성되기 이전이다. 모든 것이 나와 피아 관계라는 사실에 눈 뜨기 이전이다.

나는 그 호젓한 여행지에서, 호젓한 여행을 꿈꾸던 일이 떠올랐다. 바로 이성준을 알고 있던 그 시절 이야기다. 이성준과 같이 이별 여행을 하는 공상을 한 적이 있다. 아기 엄마가 무단가출을 할 수도 없고, 그도 근무지를 이탈할 수 없으므로 가능치 않지만 상상 속에서야 못할 일이 무엇인가.

일주일. 이 기간이 지나 서울로 올라가면 더는 연락도 만나는 일도 않기로 약속되어 있다. 그가 우울한 기색을 보이면 '다른 생각하지 마. 같이 있으니까 좋잖아?' 이렇게 들려줄 것 같았다. '같이 있으니까 좋아?' '같이 있으니까 좋다.' '같이 있으니까 좋다…, 그럼 같이 있지 왜 헤어져? 우리 헤어지지 말까? 이런 결론에 도달할 것 같았다. '그러니까 이별 여행하면 안 돼' 하는 다짐을 했던 적이 있었다.

나는 그때 일이며 이성준을 생각하고 있었다.

30년도 더 지난 일이다. 세월이 인생이 덧없음을 다시 느꼈다. 그 소설을 쓸 적에 스무 살인 여주인공의 상황과 심정이 되어 줄줄 써내려갔을 뿐, 이 소설이 발표되면 이성준도 읽을 수 있다는 생각을 못했다. 우리가 나눈 편지를 그렇게 공개한 것도 미안하고, 또 여주인공을 자기 방으로 유인하려 했던 장면은 쓰지 않았어야 옳았다. 소설에서 군인을 비하했다고 80년대 신군부에서 조사를 받은 소설가도 있는데 그렇지 않은 것을 다행으로 여겨야 할까.

결혼하여 부대근방에서 살림하는 이들도 있겠기에 그렇게 썼던 것뿐이다.

꽃피는 산골에서의 유년시절
-서울 코스모스는 왜 키가 작은가?

충청도 산골에서 내가 자랐다고 하면, 충청도 어디냐고 물어온다. 공주라고 하면 "공주는 산골이 아닌데"라고 말한다.

예로부터 공주는 교육도시라고 알려져 있어서 도시의 이미지가 앞서서 그럴 수도 있다. 성장하면서 여러 곳을 여행하고 난 뒤 공주는 산골이 아닌가보다 여기기도 했지만 가까이 산이 보이는 동네였으니 산골이라고 하련다.

공주군 의당면의 중심지로 면사무소, 학교, 지서, 보건소가 모여 있는 안골마을까지는 공주 읍내에서 계속 신작로 길로 갈 수 있다. 고개를 넘어야 하는 것도 아니고 들녘 가운데로 뚫린 길이었다. 비료 실은 트럭도 드나들고 선거철이면 유세 차량도 다녀갔다.

우리나라에서 산이 바로 보이지 않는 지역은 전라도 김제 평야지대 등 극히 일부라고 들었다. 만주벌판에서 나고 자란 어떤 분이 해방이 되어 귀국했는데 처음 산을 보고 '저게 무언가 궁금했었다'는 말을 했다.

1950년대 의당면 면사무소는 이층으로 발코니가 있고 지붕이 있어야 하는 돌출된 창문이 있던 유일한 서양식 건축물이었다. 창고 등 부속건물에 넓은 마당까지 몇 백 평 넓이였는데 빙 둘러서 벗나무가 심어져 있었다.

봄이면 벚꽃이 얼마나 아름다웠는지 모른다. 면사무소와 우리 집은 백 미터 정도 떨어져 있어서 그 쪽으로 우물도 있고 학교와 가게 등 어디든 가는 길이 나 있었다.

우리가 살던 집 뒤의 담장 너머로 교실 한 칸 정도 넓이의 수평 밭이 있고 그 뒤 비탈진 땅은 복숭아 과수원이었다. 봄마다 수십 그루 복숭아나무에서 피어나는 꽃이 얼마나 화사했던가. 어린아이였던 나는 그 복숭아 단지가 우리 것이라고 믿어져서 참으로 흐뭇했다. 왜냐하면 복숭아밭과 제일 가까운 게 우리 집이었으니까. 감나무나 앵두나무 등 과일나무 한두 그루씩이 안팎으로 다 있었다. 그 집에서 제일 가까운 집 것이겠지. 집 앞 텃밭이 우리 것이듯 그 복숭아밭은 우리 것인 줄 알았다. 초등학교도 들어가기 전의 어린 소견으로는 그랬다.

그런데 어느 날 안골에서 제일 큰 집의 아줌마가 그 복숭아를 따고 있었다. 우리 엄마와 웃으며 이야기도 나누었고 그리고 복숭아를 한 바구니나 주었다. 그래서 알게 되었다. 가깝다고 꼭 우리 집 것이 아니라는 것을. 그리고 꽃은 우리 것이나 다름없고 복숭아도 한 바구니는 우리 것이니 그만하면 괜찮다고 생각했다.

복숭아밭이 끝나는 구릉지대는 우리가 뛰놀던 잔디밭이었다. 그리고 뒤편 아래로는 경사가 완만하여 밭이었고 뒷동네가 이어졌다. 우리 집에서 면사무소, 반대방향 오십 미터 지점쯤에는 해묵은 커다란 살구나무가 있었는데 그 살구꽃이 피면 안골이 온통 환했다.

진달래 꺾으러 앞산으로 가기도 했다. 동네를 가로질러 물레방아가 있는 냇물도 건너고 논두렁 밭두렁을 지나야 하는 덕골산에 진달래는 많았다. 진달래 철에 또 하나 장관이 있다. 논 가득히 출렁이던 자운영 꽃무리는 또 얼마나 가슴 설레게 했던가. 꽃피기 전에는 나물로 해먹기도 했다. 그런데 어느 날 그 아름다운 꽃밭을 소가 갈아엎고 있었다. 녹비(綠肥)용으로 심어진 것이다. 그렇게 하여 썩고 나면 그 곳에 모내기를 했다. 그때는 벼농사 철이 늦었다. 6월에 모내기를 하고 11월에 수확을 했다.

5학년 봄에 5 · 6학년이 버스를 대절해서 부여로 수학여행을 갔다. 신작로 양 옆으로 끝없이 펼쳐지던 자운영 꽃 벌판을 잊을 수 없다.

그 무렵 나는 부모님께 효도를 한 번 한 적이 있다. 5학년 여름성경학교 때다. 전에 없이 성경학교 동안 배운 것을 시험을 치르고 1,2,3등을 뽑아 상을 주었다. 미리 예고는 되어 있었으나 "열심히 해서 상 타야지." 이런 생각을 하는 아이도 없어 보였다. 나도 그랬다. 학교에서는 하기 싫어도 구구단도 외워야 하는 등 부담이 있지만 주일학교는 그렇지 않았다.

종교적인 차원과 상관없이 일요일에 아침 먹고는 교회에서 모였다. TV도 만화가게도 없었던 시절 좋은 말씀, 재미있는 말씀 들려주니까 부모님도 말릴 이유가 없었다. 월곡리의 초등학생과 그 또래의 아이들은 모두 유년 주일학교 학생이었다. 그때 일등상을 내가 받았다. 방학 때 1등을 하였으니 어머니가 사탕을 사주시며 앞집에 자랑도 하시는 등 매우 기뻐하셨다.

　집들이 옹기종기 모여 있는 동네에서 조금 떨어진 들녘 가운데 외딴 집에 한 반 친구가 살았다. 그 애 집에 가끔 놀러갔다. 그 집 앞에는 교실 반 칸 정도 넓이의 작은 저수지가 있었다. 친구는 그곳에 뱀장어가 산다고 말했다.
　"니가 그걸 어떻게 알아?"
　"어른들이 그랬어."
　내 물음에 그 애가 말했다.
　물을 뿜어낼 때의 수로가 작은 도랑으로 이어지고 또 그것은 큰 냇물에 합류한 뒤 또 강에 이르게 되는 것이다. 논에 물을 댈 때는 도랑을 막고 도랑둑이자 논두렁의 못을 파서 물꼬를 터놓은 다음 그곳의 물을 퍼내어 농토로 흘러들게 하는 것이다. 어느 장마철 뱀장어 한 마리가 거슬러 헤엄쳐 오던 끝에 그 못에 도달한 게 아니었을까. 어느 극심한 가뭄 때에 그곳의 바닥이 거의 드러나도록 물을 퍼내고 보니 뱀장어가 눈에 띄었을 것이다. 사람들은 "저런 것 건드리는 것이 아녀.

그냥 살게 내버려둬." 했던 게 아니었을까. 낚시질이나 천렵 놀이 등으로 물고기를 잡을 때는 잡더라도 또 들어온 생명은 보호해주는 덕목이 우리 조상들에게는 있었다.

교사였던 아버지는 방학 중엔 여유 시간이 있었다. 부여에 살 때니까 6·25전쟁 전의 일이다.

야산의 호밀밭 터엔 겨울이면 산비둘기가 먹이를 찾아왔다고 한다. 그것들을 잡기 위해 아버지가 작전을 펼쳤으나 실패였던 것으로 기억한다.

나는 아버지가 엄마와 나누는 이야기를 들었는데 새 종류가 머리가 작아서 지능이 낮으리라고 짐작하지만 그런 것만은 아니라고 하셨다.

공주 의당초등학교 교무실에는 그 때 박제된 꿩이 있었는데 참 예뻤다. '아버지가 저런 꿩을 잡아오면 얼마나 좋을까?' 생각했단다. 나의 바람과는 다르게 아버지는 참새 한 마리도 못 잡았다. 어느 겨울 "참새 그물을 떠서 참새를 잡아야지" 했을 뿐, 정작 잡은 적은 없었다. 실행을 못하였는지 했는데 뜻대로 안 되었는지 모르겠다.

아버지는 무엇을 잡는 재주는 없는 듯한데 지금 생각하면 참으로 다행한 일이라고 여겨진다. 1960년대까지 서울에 참새구이집이 있던 것으로 알고 있다. 그때 농촌은 익은 벼를 까먹는 참새 떼를 퇴치하는 것도 큰 골머리 썩는 일이었다.

중학 3학년 10월 9일 공휴일에 우리 친구 몇이 덕수궁에서 만났다. 그 무렵엔 국화전시회도 열렸다. 그런데 그 날 본 코스모스는 내가 시골에서 보았던 것과는 다르게 키도 작고 연약해보였다. 서울이나 충청도나 같은 기후대인데 왜 다를까? 처음엔 그렇게 궁금하게 생각했다. 코스모스라고 해서 키가 같은 건 아니지만 고향의 꽃이 더 컸던 듯 했다.

나중에서야 그 이유를 알았다. 시골에서 꽃 속을 누빌 때는 어렸으니 내 키나 코스모스 키나 어슷비슷했을 것이다. 그래서 코스모스의 키가 크다고 느꼈을 것이고, 중학생이 되어 훌쩍 자랐으니 꽃이 내려다보였던 것이다. 그래서 서울의 코스모스가 키가 작고 여리게 생겼다고 여긴 것이다. 매해 가을 소풍 길에서 코스모스를 보았겠지만 아마도 건성으로 대했던 듯싶다.

파리 근교 베르사유궁전과 작은 프라하로 불린다는 독일 뷔르츠부르크(Würzburg)의 유명한 레지덴츠(Residenz)는 나폴레옹이 그 곳에서 지내는 대주교를 부럽다 했다는 곳으로 정원 등에서 본 유럽의 코스모스는 키가 작았다. 꽃이 만개해 있었는데 높이는 무릎 정도밖에 오지 않았다. 우리의 고온다습한 여름날이 코스모스를 크게 하는가보다. 어린 날이나 나이 들어서나 코스모스 꽃물결은 가슴 설레는 풍경이다.

독일 뷔르츠부르크(2006)

스위스 알프스를 배경으로(2006)

체코 프라하(2006)

파리 베르사이유(2006)

파리 에펠탑(2006)

로마 콜로세움(2007)

스위스 루체른 카펠교(2006)

일본 규슈 사찰(2010)

결혼사진

고교시절

3
여행,
삶의 일탈

한 달 간의 유럽 여행

　이제 한국은 세계 어느 나라든 자유롭게 여행을 할 수 있는 여행 자유국이다. 그래서 TV에서는 세계 명소 여행을 다루는 프로가 있고 잡지 등에서는 화보로 세계 명소 사진 등을 싣고 있다. 기행문들을 출간한 책들이 서점 가판대를 선점하고 있는 시대에 살고 있다.

　이렇듯 이미 각종 매체를 통해서도 소개가 되었기에 나는 풍경이나 모습은 생략하고 느낌만 간단히 적으려고 한다.

　2006년 8월 12일, 독일 프랑크푸르트 공항에 내렸을 때는 막 비가 그치고 무지개가 선연하게 그려져 있었다. 한국에서는 쉽게 보지 못했던 무지개인데 독일 첫 방문지 공항에서 보게 된 무지개에 감동하고 말았다.

이듬해 2007년 7월 27일 다시 그곳에 도착했을 때는 새파란 보석빛깔의 하늘에 하얀 뭉게구름이 둥둥 떠 있었다. 한국에서 같이 간 젊은이들이 "하늘 좀 보라"며 감탄했다. 이렇듯 고운 하늘빛은 보게 되는 건 몇 십 년 만이었다. 수채화 물감을 칠해 놓은 듯 높푸르던 게 우리나라 하늘이었는데 아쉽기만 하다.

프랑크푸르트는, 아니 그 곳 유럽은 날씨까지 시원했다. 마치 우리의 추석 무렵 같았다. 짧은 소매 긴 소매 옷을 입은 이들이 반반이었다. 연중 가장 기온이 높은 여름날이 그랬다. 그런데도 덥다고 한 달간 유급휴가를 준다니 부럽다. 관공서 은행에도 장기휴가중인 이들이 상당수일 테니 그 기간에는 기업업무가 원활할 리가 없다. 외국계 회사들도 모두 그럴 것이다.

그때 아들이 한국회사의 독일지사에 근무하고 있었다. 그 회사는 독일인이나 교포 등 그 나라 사람들에게는 현지법에 의한 휴가일수를 부여해 주고, 한국에서 간 주재원들은 한국

사규에 의한 휴가 일수만 쉴 수 있기 때문에 아들이 하계휴가를 낼 수 있는 기간에 두 해 여름에 걸쳐서 유럽을 다녀온 것이다. 독일의 상업도시 프랑크푸르트에는 외국 회사들이 상당수 모여 있었다.

프랑크푸르트는 유럽에서 우리 교민이 가장 많이 살고 있는 도시이다. 1960년대부터 광부와 간호사가 진출했던 사실과 연관이 있을 것이다. 어느 양품점 쇼윈도 안에 한글로 '가을 신상품'이라고 쓰인 팻말도 있었다. 어느 상점에서 물건을 구입했을 때이다. 주인 영감님에게 그 나라말로 고맙다는 말을 했더니 그분도 "감사합니다"라고 우리말을 하여서 놀랐다.

그 상점주인 영감님이 독일어로 뭐라뭐라 했지만 내가 알아들을 수 없었다. "손자가 태권도를 배우느라 한국에 있을 때 부인과 같이 한국에 간 적이 있대."라며 같이 간 아들이 통역을 해 주어서 함께 웃었다.

독일과 스위스에서 손목시계의 가격을 알아보았는데 두 나라 가격에는 별반 차이가 없었다. 우리 돈으로 1억 원을 호가하는 시계도 있었는데 비싼 시계일수록 오히려 시계 모양이

단순함이 놀라웠다. 7~8백만 원짜리는 보석이 박혀 있는 것이 아닌가. 가격이 높다고 반드시 화려한 것은 아니고, 어느 회사, 어느 브랜드이냐? 또 제작하는 과정에서 장인정신을 어떻게 투영하였는지가 시계가격이 결정되는 듯했다.

프랑크푸르트에 있는 괴테하우스를 방문하였는데 규모나 모든 것이 장중하고 정연했다. 체코 프라하의 카프카 생가, 오스트리아 잘츠부르크의 모차르트 생가도 방문하였다. 그런데 나는 괴테하우스가 가장 인상 깊은 곳이었다.

하이델베르크 대학가의 모습이 기억에 남아있다. 1950년대 말 학원사에서 세계대백과사전을 간행했는데 아버지께서 사오셨다. 거기에서 세계의 대학란을 보았을 때 독일의 하이델베르크대학이 특이했다. '학교가 백화점처럼 거리에 있네?' 하고 여겨졌다. '학교' 하면 교문이 있고, 운동장 또는 녹지대 그리고 건물, 우리가 흔히 생각하는 것은 이런 모습이었는데 그 역사 깊은 대학의 모습은 달랐다.

한글로 된 간판도 있었다. 노천카페에서 레몬주스를 마셨고 거리의 악사들 연주도 들었다.

아들이 살고 있는 동네의 마트의 채소 코너에는 마늘만 없을 뿐 모든 종류의 채소가 다 있었다. 마늘을 사려면 터키 가게에 가면 된다고 했다. 애호박은 우리가 몇 십 년 전에 먹던 돼지호박이라고 불리던 꼭지 쪽에 각이 진 품종이었다. 지금 우리나라에서 먹고 있는 토종 호박이 훨씬 맛이 있다. 채소는 한국이 앞서 있는가 보다고 여겨졌다. 감자는 1유로(당시 환율로 1,250원)씩 비닐봉지에 담아져 있었다. 우리나라에서 그만큼 사려면 3천 원 이상 주어야 하는데 그 날 감자 한 봉지를 샀다. 소고기는 세계에서 한국이 제일 비싸고 감자는 일본이 비싸고 그 다음이 한국이란 말을 들은 적이 있는데 정말인가 보다 했다. 계산원은 의자에 앉아서 일을 보았다.

도로와 건물 사이에는 가로수가 아니라 크고 작은 나무들이 서있는 녹지대가 있었다. 마트는 3층짜리 큰 건물 1층이었다. 대도시 밀집도나 인구밀도가 우리보다 낮으니 높이 지을 필요가 없는가 보았다. 고층아파트 같은 것도 거의 없었다. 상업지역이건 주거단지이건 낮은 건물이 대부분이었다. 지은 지 오래되었다지만 고풍스런 건축양식 때문에 고궁 속에 들어온 것 같은 기분이었다.

아들이 사는 집은 울타리나 담이 없고 도로에서 큰 문을 열고 들어가면 한쪽은 창고로 쓰이는 반지하로 내려가는 계단이 나오고, 다른 한쪽으로 주거지로 올라가는 계단이 있다. 나선형 계단을 따라 각 층마다 한 세대씩 살게 되어 있었다.

아들의 집은 3층에 있었는데 전에 일본인이 살았다고 했다. 위층에는 프랑스인이 독일인과 결혼하여 살고 있었다. 한국의 침실 3개짜리 아파트인 셈이었는데 가구와 전자제품, 주방기구, 이불 등 모든 살림도구들이 구비되어 있어 옷가방만 가지고 들어가서 살다가 다시 가방만 가지고 나오면 되는 집이었다. 이방인들이 머물다가 가기 십상 좋게 되어있는 셈이다.

베란다에는 빨래 건조대가 있으나 집 뒤쪽 잔디밭에 큰 빨래를 널어 말리기 좋도록 빨랫줄이 매어져 있는 게 인상적이었다.

독일에서 출발해서 우선 프라하를 향해 동쪽으로 달렸다. 내비게이션 시대여서 자동차 여행이 한결 수월했다. 고속도로변에 나무가 잘 가꾸어져 있어 숲속을 달리는 기분이었다. 우리나라의 고속도로변은 오밀조밀 산과 마을이 연이어지고 평야지대도 그리 오래지 않아 마을이 나오고 농경지로 이어지지만 유럽지역은 광활하기 이를 데 없다. 그저 가도 가도 벌판으로 이어질 뿐이다. 간혹 포도밭이나 해바라기밭, 목장 등이 눈에 띄었지만 산도 없이 대부분이 숲이고 초목이 숨 쉬는 들녘이다.

옛 서독 지역은 도시 농촌의 주택에 차이가 없었지만 동독 지역은 농촌이 낙후된 느낌이었고 체코 땅에 들어서자 그 차이는 더욱 현격했다. 서울 부산이 몇 시간 거리인 좁은 곳에 살다가 밖에 나가 드넓은 곳을 돌아다닌 셈이다.

아침에 독일 프랑크푸르트를 출발하여 드레스덴 한 곳만 들르고, 시속 100킬로 이상으로 달렸는데도 체코 프라하(Prag)에 도착한 것은 해가 조금밖에 남지 않은 저녁이 다 되어서이다. 긴 긴 여름날 하루가 다 걸린 셈이다.

우리는 그 날은 숙소에서 쉬고 이튿날부터 프라하 시내를 돌아보았다.

옛 동독 땅 드레스덴은 의외로 관광할 것이 풍부한 좋은 곳이다. 그 옛날 동유럽을 지배했던 두 곳 중 하나인 작센지방의 궁성터가 드레스덴에 있다.

보헤미아의 거점이 프라하성이다. 지금 프라하성에 체코대통령 집무실이 있다고 한다. 마침 우리가 도착한 시기가 관광 성수기였고, 또 유명한 명소만 찾아 다녔으므로 항상 인파 속에 파묻혀 있었다 해도 과언이 아닐 만큼 관광객들이 많았다.

프라하에서는 일행을 놓쳐서 국제 미아가 될까 걱정될 만큼 많은 이들이 붐볐다. 프라하성 입장권을 사기 위하여 늘어선 줄이 끝이 보이지 않았다. 입장료가 우리 돈 만 원정도였는데 다른 물가와 견주어볼 때 비싼 액수였다. 그 나라 관광수입이 상당할 것 같다는 생각이 들었다. 그러나 러시아 자본이 많이 들어와 있다는 설도 있다.

프라하성 아래 큰 레스토랑에서 점심을 먹었는데 음식 담아 온 그릇이 낯설지 않았다. 사기 접시가 아니라 옹기였다. 작은 항아리 뚜껑처럼 생겼다. 음식이 더디 식을 것 같았다. 프라하 시내 어디에 눈길을 주어도 빼어난 풍경이었다.

기억나는 주유소가 있다. 오스트리아 가는 도중의 체코 지역이었다. 주유소에서는 여행자들을 위해 간단한 식음료도 판매하고 휴게소도 갖추었다. 그곳에 그네가 있었다. 그네에 앉아 흔들리며 흙냄새 풀냄새를 맡으니 피로가 가시는 듯 했다. 클로버 꽃향기가 그토록 상큼한 줄 처음 알았다. 가장자리를 벽돌로 둘러놓은 것으로 그냥 풀밭은 아니었다. 가꾸는 듯 마는 듯 하는 야생화 단지였다. 클로버 엉겅퀴 망초꽃 등이 제철을 맞아 생기가 넘쳐흘렀다. 어린 날 들판에 나가면 널린 게 망초였다. 하도 흔해서 꽃으로 여겨지지도 않았던 게 망초꽃이다. 노란 씨방이 있는 50원 동전 크기의 하얀 망초를 먼 나라에서 만나니까 먼 곳에서 동기간을 만난 듯 반가웠다.

오스트리아 잘츠부르크의 모차르트 생가가 있는 골목의 입체적이고도 예술적인 간판들이 잊히지 않는다.

파이프오르간이 유명한 성당에는 "헌금하시오" 한글이 씌어 있었다. 한 줄씩 여러 나라 글로 씌어 있었는데 우리글도 한 줄 자리 잡고 있었다.

처음 잘츠부르크 들어섰을 때 산 밑으로 길게 철문들이 이어져 있어서 무슨 창고인가 싶기도 했다. 그런데 산 밑을 파서 만든 드넓은 유료주차장이었고 우리도 그 곳을 이용했다.

세계적 관광도시이니 당연히 갖추어야 할 주차장시설인데 인구 15만이 사는 작은 도시에 연간 3백만의 관광객이 찾는다니 주차난이 보통일은 아닐 것이었다.

잘츠부르크는 모차르트의 생가와 아름다운 미라벨 정원, 영화 〈Sound of Music〉의 촬영지라는 것이 관광객들이 몰려드는 이유이기도 하다.

유럽 가는 곳 어디나 그랬지만 여러 인종도 만났다. 눈만 내놓고는 손끝 발끝, 아니 머리카락 한 올 보이지 않도록 감싸고 입은 검은 옷, 부르카를 입은 여인들도 있었다. 무슬림(Muslim)권에서는 종교적 이유로, 혹은 모래바람이 이는 지역에서는 오히려 편한 옷이라지만 그렇지 않은 곳에서는 무겁거나 불편하지 않을까 염려가 되었다.

독일의 로맨틱 가도(Romantische Strasse)는 로마로 가는 길이란 뜻이다. 남쪽으로 로맨틱 가도는 이어진다. 중세에는 독일에서 이탈리아 지방으로 넘어가는 길이었지만 관광루트로 개발된 퓌센(Füssen) 지역과 로텐부르크(Rothenburg) 지역 등이 이 길에 놓여있다.

로맨틱 가도를 달리는 도중에 말목장이 보였다. 그곳에 잠시 차를 멈추고 땅을 밟았다. 드넓은 벌판과 탁 트인 하늘이 시야뿐 아니라 폐부 속까지 후련해지는 듯했다. 지평선을 배경으로 서 있는 커다란 삼나무들, 이등변삼각형 모양의 거대한 나무들이 도열해 있는 검은 숲, 어릴 적 서양 동화책에서 본 이런 낯선 풍경을 나는 무서워하기도 했었다. 그 숲에서 마귀할멈이 불쑥 튀어나올 것 같아서였다.

그런데 실제로 이곳에 와서 보니 말을 키우고 자연을 지탱하는 힘 같았다. 등줄기에서 툭 부러진 목, 풀밭에 닿아있는 입 그리고 건실한 다리에 늘어진 꼬리… 녀석들 모습을 지켜보면서 잠시 즐거웠다.

독일의 백조의 성(Neuschwanstein Schloss/ 노이슈반슈타인 성)은 처음 축조되었을 당시엔 얼마나 아름다움이었을까 싶을 정도로 환상적인 성이다. 디즈니랜드에서 이 백조의 성을 카피해서 지었다고 하는데 우리나라에도 예식장, 어린이집, 모텔 등 그 모습과 유사한 건물들이 많이 보아서인지 새롭게 느껴지지는 않았다.

독일의 남부는 알프스 산과 이어지고 산악지대여서 휴양지이기도 하다. 왕 루트비히(Ludwig) 2세는 심미적인 감성의 소유자이며 열정을 지닌 인물이었던 듯하다. 뮌헨의 궁전에서 지내다가 자주 이곳을 즐겨 찾다가 결국 이 성을 건축했다고 한다. 2천 미터의 산 중턱인 천 미터 고지에 대역사를 벌였으니 건축 장비가 열악하고 부족했던 그 옛날에 이만한 성을 건축하려니 얼마나 난공사였을까?

왕 루트비히는 자신의 재산과 권력을 동원하여 18년 만에 완공하였으나 이곳에서 백여 일밖에 살지 못하였다. 그는 이곳에서 가까운 곳에서 자살인지 타살인지 모를 의문의 익사체로 발견되었다고 한다. 또다시 새로운 성을 구상하는 중이었다고 하니 계속 살아있었으면 독일에 대단한 명소가 또 한 곳 있을 뻔 했다. 그 성이 있는 산 아래 평지는 드넓은 주차장이기도 했지만 건축물도 없었다. 인근의 작은 마을인 슈방가우(Schwangau)의 호텔, 펜션, 레스토랑, 마트 등 모든 것이 3~4층 이내의 높이였다. 그 관광촌에서 바라본 짙푸른 산속의 하얀 성은 동화 속에 나오는 그림 같았다. 잊히지 않는다.

우리의 숭례문 대한문 등 문화유산은 어떠한가. 일찍이 거리에 제한을 두어 어느 정도 이내에는 몇 층 이상의 고층건물을 지을 수 없게 했어야 옳았다고 하는 목소리를 들은 적이 있다. 생각이 있는 창의력의 인물이 없거나, 그런 문화유산 주변 경관보존과 같은 것을 무시하고 다른 것을 우선시했던 결과가 아닐까.

뮌헨의 여름궁전 님펜부르크 궁전(Schloss Nympenburg)도 관람하였다. 이곳은 제1차 세계대전 전, 바이에른(Bayern) 왕국의 통치가문이었던 비텔스바흐(Wittelsbach) 가문의 궁전으로 여름휴양 별장으로 사용하기 위한 궁이라고 한다. 그런데 파리의 베르사유 궁전이나 다른 유럽의 궁전과 비교해 볼때 건물 규모도 크지 않고 정원도 아담하여 궁이라기에는 왠지 소박하고 수수한 편이었다. 독일의 통일이 19세기 후반에 이루어지다보니 중앙집권화 약하기도 했겠으나 비텔스바흐 가문은 소박한 왕족들이 아니었을까 하는 생각을 하였다.

스위스는 우리나라 경상도 넓이의 작은 나라라고 알고 있는데 그곳에서 만난 레만(Leman)호수가 얼마나 방대하던지 잠깐 놀랐다. 나라보다 호수가 더 큰 것 같다는 바보 같은 생각도 들었다. 귀국하여 알아보니 호수 크기가 서울특별시 면적과 비슷하다고 해서 더 놀랐다.

아름다운 도시 루체른(Luzern) 호수의 물결이 아늑하게 다가왔던 건 6백 년이나 되었다는 지붕이 있는 목조다리 덕분이었을 것이다.

스위스 땅에 들어서면서 우선 눈에 띈 것은 쾌청하게 맑은 대낮인데도 자동차들이 모두 헤드라이트를 켜고 다니고 있었다. 부자나라여서일까. 빈부차가 없는 곳이라고 들었는데 그 정도 에너지쯤 아깝지 않다는 뜻인지.

우리도 스위스에서 자동차의 헤드라이트를 켜고 다녔다. "우리 차 여기 가고 있다"고 상대방에게 주의를 주어 사고를 방지하기 위하여 유럽 여러 나라에서는 낮에도 헤드라이트 켜는 것이 의무화 되어 있다고 했다. 자동차가 드문드문 다니니까 그런 효과도 있을 것이다. 만약 서울에서 그 많은 차가 대낮에 불을 밝히고 다닌다면 어떨까? 눈부시고 어지럽고 오히려 못할 것 같기도 하다.

스위스 하면 누구나 알프스 연봉(連峯)을 떠올릴 것이다. 알프스를 오르는 여러 코스가 있는데 프랑스를 통해서 오르는 몽블랑 코스, 독일이나 오스트리아를 경유 등반하는 코스, 또 최근에 스위스에서 개발한 코스가 각광을 받아 많은 관광객들이 이곳으로 몰리고 있다고 한다.

우리는 이미 머물고 있는 스위스에서 가기 편한 곳인 쉴트호른(Schilthorn)으로 향했다. 007시리즈 중 〈여왕폐하 대작전〉을 촬영한 장소라고 한다. 이 알프스 코스는 낮은 곳에서부터 비스듬히 높아지는 우리나라의 산 모습이 아닌 평지에서 거의 수직으로 올라간 담장처럼 알프스가 서 있었다. 'ㄷ'자를 세워놓은 형태였는데 그 가운데가 세계에서 모인 여행자들의 관광촌인 것이다.

지상과 산 아래 부분은 여름으로 초목이 푸르렀는데 고개를 젖히고 보는 알프스 산에는 만년설이 덮인 겨울이었다. 여름이 되어도 녹지 않고 남아있던 눈에 겨울에도 눈이 쌓이기를 반복해 만년설인 것이다.

우리는 겨울옷을 입고 지그재그로 연결된 케이블카를 여러 번 갈아타며 쉴트호른 정상인 3천 미터 고지에 올랐다. 그곳 전망대에는 겨울옷 목도리 털모자 등 겨울용품 판매처를 비롯해 편의점 기념품 판매점 레스토랑 등이 들어서 있었다.

사람들 발길 닿는 길에는 눈이 이미 녹고 없었다. 건물이 있고 모든 시설이 전기로 작동되고 북적이는 사람들이 밟고 지나가니 길에까지 남아있을 리는 없는 것이다. 길에서 조금 떨어진 곳에는 아직 눈이 듬성듬성 남아있었다. 주변 산봉우리의 하얀 만년설을 수평의 시선으로 바라볼 수 있는 것으로 만족해야 했다. 사람들이 오르고 있는 곳 봉우리도 그럴 것 같았다. 전망대 건물의 맨 위층이 레스토랑에서 점심식사를 했는데 백여 평 되어 보이는 홀이 회전하도록 되어 있었다.

스위스 산록에서 식사하며 바뀌는 바깥풍경을 볼 수 있었다.

스위스는 물가가 비싼 나라로 알려져 있다. 그리고 그곳은 3천 미터 고지대라 음식 값이 비쌀 줄 알았는데 생각보다는 저렴했다. 그런데 갑자기 창밖을 목화솜, 솜사탕 같은 하얀 물체가 감쌌다. 구름이라고 했다. 안개는 아무리 짙어도 몇 미터 앞은 보인다. 구름은 가까운 곳도 볼 수 없게 했다. 케이블카를 타고 내려오는데 후드득후드득 빗방울이 케이블카를 때렸다. 눈이 내려야 만년설이 유지될 텐데 비가 오다니 하고 걱정했다. 그러다가 지금 여름이지…오는 겨울에 눈이 많이 내렸으면 하고 바랐다. 지구 온난화 현상으로 해마다 만년설이며 빙하가 녹고 있다는 기사를 본 것이 떠올랐다.

프랑크푸르트에서 파리까지는 열차로 4시간 반만에 닿았다. 양국 시스템이 통합되기 전에는 6시간 이상 걸렸다고 들었다. 국경의 역에서 독일인 기관사와 승무원들이 내리고 프랑스인들이 그 자리에 올랐다.

숙소에 짐을 풀은 후 개선문과 유명백화점들이 있는 샹제리제 가로 향했다. 고급의상실 들어가서 구경해 보고 싶었는데 상점 안에는 옷을 걸친 마네킹과 판매사원만 있었다. 매장은 그리 크지 않은 15평정도 되어 보였다. 네가 유리문 밖에서 상점 안을 들여다보았는데 다른 사람들도 나 같은 포즈로 상점 안의 옷을 구경하고 있었다.

중저가 옷 매장은 드나들기 수월했다. 유럽은 옷 생산회사에서 자체매장을 갖추고 있는 SPA 브랜드가 이미 주류를 이루고 있다고 한다. 1층은 여성복, 그 위층은 남성복, 아동복, 스포츠웨어 등 층별로 구분되어 진열되어 있었다. 당시만 해도 자라(Zara), H&M 같은 SPA브랜드는 한국에 매장을 열기 전이어서 마음대로 옷을 골라서 입어볼 수 있는 것이 신기했

다. 오히려 물어볼 것이 있을 때 직원을 찾느라 고개를 두리번 거려야 했다

　저녁식사 후 센 강으로 유람선(Bateaux-Mouches/ 바토무 슈)을 타러 갔다. 현란한 불빛의 에펠탑이 강을 내려다보고 있었다. 파리에서는 지하철을 타고 다녔는데 안내방송을 하지 않았다. 환승역만 알려주었다. 천정은 아치로 되어 있고 기둥은 없었다. 서울 지하철만 하려면 어림없지만 우리가 상투 틀고 살던 그 옛날에 유럽은 지하철이 뚫려 있었으니 대단한 일이다. 둘째 날도 지하철을 타고 루브르박물관, 노트르담 사원, 몽마르트 언덕, 센 강변의 퐁네프의 다리 등을 돌았다. 루브르박물관의 모나리자 그림 앞에는 여러 사람이 있었다. 우리 일행도 그 곳에서 오래 있었다. 그림은 방탄유리 속에 있었고, 여인은 정면에서 보나 좌우 어느 쪽에서 보아도 나를 보고 웃고 있었다. 신비했다. 그러나 나중에 아들에게 듣기로는 도난에 대비해 진품과 정부가 인정한 진품에 가장 가까운 가품을 번갈아 전시하는데 현재 있는 것이 진품인지 아닌지는 알 수 없다고 하였다. 그러나 어렸을 적부터 궁금해 했던 그

미소를 보았으니 진품이라고 믿으련다.

　다음날은 이층으로 된 교외선 열차를 타고 베르사유궁전으로 향했다. 루이 14세가 사냥을 다니던 곳인데 경치가 좋아서 그 곳에 또 궁전을 지었다고 한다. 초입에 있는 궁전 건물보다도 그 안에서 운행하는 꼬마열차를 타고 들어가서 본 잘 가꾸어놓은 정원 화원이 좋았다. 오후에는 출발하기 위해 파리 중앙역을 향했다. 그 부근의 중국 식당에서 점심을 먹었는데 아주 맛있었고 기분이 좋아서 다시 파리에 온다면 이곳에도 또 들러야지 했다. 한국식당은 프랑크푸르트와 뮌헨에서만 보았기에 그곳에서만 가보았다. 모든 나라 모든 관광지에 중국식당은 꼭 있었다. 그래서 여러 곳을 이용했는데 프랑스의 식당들이 기억에 남는다. 첫째, 친절하게 인사를 건네어서이다. 다른 곳들은 인사는커녕 손님을 본체만체했고 음식 맛도 없었다. 파리역 앞 그곳은 우리를 한국인으로 알았는지 영어로 인사를 했다. 중국어를 모른다고 영어가 술술 나오지 않는다고 걱정할 일은 아니라고 본다. "잘 먹었습니다. 땡큐. 메르씨" 만국 공통어 표정과 어감을 이용하면 되는 것이다. 주인도 좋아했다. 20대에 본 영화 "내가 마지막 본 파리"를 떠올리며 열차에 올랐다.

소녀 시절에 이런 시구절도 읽었다.

프랑스에 가고 싶으나 프랑스는 너무나 멀다
차라리 푸른 옷 떨쳐입고 여행이나 떠날거나 ⋯⋯

그때 유럽이나 파리는 얼마나 멀고 먼 아득한 나라였던가. 그런데 이렇게 자유롭게 여행 다닐 수 있다니!

로마는 비행기로 저녁에 도착했다. 바로 숙소에서 여장(旅裝)을 풀고 잠을 잤다.

이튿날 아침 일찍이 관광가이드의 인솔을 받기 위해 약속된 장소로 갔다. 가족여행 온 사람들, 배낭여행 온 젊은이 등 30명이 일행이었다.

인솔자의 해설을 들으면서 버스와 지하철 등 대중교통으로 이동하면서 바티칸과 스페인광장, 베드로성당 등을 관람하였는데 세계적인 명소들이 집중되어 있는 로마 여행은 잊지 못

할 감동이었다. 버스는 2량이 연결되어 있었는데 한꺼번에 30명이 타도 공간이 헐렁했다.

로마는 참으로 인심이 후한 곳이다. 입장권을 받아도 될 만한 곳도 모두 무료이다. 거리의 수많은 인파 대부분이 관광객들이었는데 이들로부터 1유로씩 받아도 엄청난 관광수익을 올릴 것 아닌가 싶었다. 내가 위정자라면 그렇게 입장료를 받고 그 돈으로 청소부를 고용해서 거리를 깨끗이 하고 싶을 것 같았다. 굴러다니는 휴지뭉치가 때에 절어 있는 것으로 보아 어제오늘 떨어진 것도 아니었다. 당신네 관광객들이 그렇게 해놓은 것이라고 할지 모르지만 그건 손님 대접이 아니라고 보인다.

2천 년 전 유물이 폐허로 남아있지만 포로로마노(Foro Romano)와 같은 곳에서 하늘높이 솟은 몇 아름 될 듯한 둘레의 기둥들을 보면서 '여기가 로마'임을 실감했다. 또 눈에 띄지 않을 정도로 초라한 율리우스 시저(Julius Caesar)의 무덤을 보면서는 실망했고 후손들의 홀대가 이해되지 않았다.

영화 〈로마의 휴일〉에서 나온 그 유명한 트레비 분수에 도착했을 때다. 많은 사람들은 분수 근처에 빈틈없이 둘러앉아 있었다. 여름의 로마는 남유럽이어서 더웠는데 시원한 물소리가 좋아서일까? 다행히 31도라는데 습도가 낮아서 돌아다닐 만 했다.

유럽은 버스지하철을 이용할 때 승차권은 사지만 소지하고 있을 뿐이고 승무원이나 승하차용 기계에 태그하지 않는 나라도 있다고 한다. 그냥 타고 내리는 양심을 믿는 것이다. 승차권 종류도 하루권, 또는 관광객들의 편의를 위해 3일권, 1주일권도 있다. 당연히 한 달이나 여러 개월치를 할인 혜택으로 살 수 있다고 했다. 그런데 부정 승하차를 하다가 불시에 단속할 때 승차권을 제시하지 못하면 30회분의 과태료를 내야 한다고 했다.

다음날 아침 일찍 바티칸시국 앞에 도착했는데도 이미 두줄로 서 있는 행렬이 수백 미터도 넘어보였다. 입장은 시작되지 않았는데 언제까지 기다려야 하나 막막함마저 들었다. 바티칸 시국에 무슨 볼 것이 많다고 하루가 걸릴까 했었는데 그게 아니었다. 교과서에서 배웠던 그림, 조각 등 명작들이 수두룩하여서 충분히 가치 있는 기다림이었다.

프랑스 북부 알자스 주에 스트라스부르(Strasbourg)라는 작고 어여쁜 도시가 있다. 그곳에 가보기 전에는 그토록이나 정겨운 곳인 줄 짐작도 못했다.

국어교과서에서 알퐁스 도테의 단편소설 〈마지막 수업〉을 배운 분이라면 프랑스의 '알자스'라는 지명을 기억할 것이다. 독일의 침공을 받아 프랑스어로 진행되는 마지막 수업 정경을 그린 작품이다. 독일과 접경지역에 위치하고 있어 독일어가 통용되고 있다고 한다.

우리가 묵었던 호텔이름이 구텐베르크 호텔, 구텐베르크 광장도 있다. 구텐베르크는 독일인이 아닌가.

거리에는 유럽의 다른 도시에서는 보지 못했던 아름드리 거목들이 얼마나 정취가 있었는지 모른다. 그중에서 한 그루 거목이 노란 꽃을 활짝 피우고 있었는데 내 생전에 본 가장 큰 꽃나무였다. 우리나라의 노란 꽃을 피우는 생강나무 꽃과 흡사했다. 여름의 유럽은 어느 도시를 가든 꽃이 많았지만 알자스 지역은 유독 더 꽃 천지로 보였다.

라인강 지류인 아르강이 흐르는 강가에도 꽃투성이였다. 이름이 강이지 우리의 청계천보다 조금 넓은 콘크리트 속의 흐름이었지만 꽃 덕분에 도시가 아늑해보였다.

체코의 프라하와 독일의 로텐부르크의 빨간 지붕 집들도 아름다웠다. 그런데 스트라스부르는 건물의 모양과 색채가 제각각인데도 묘하게 조화를 이루어 보기 좋다.

걸어서 40분이면 일주를 할 수 있는 아담한 고장으로 강기슭과 관광지에 흔히 있는 꼬마열차도 탔다. 프랑스어와 독일어, 영어로 안내 방송을 했다. 우리 앞에는 이슬람권에서 온 가족이 탔다. 남편은 초콜릿색 남방셔츠에 베이지색 바지 금테 안경의 평범한 차림이고, 부인은 검은 망사천이 허리까지 내려오도록 머리를 감쌌고 역시 검은 망사 긴 소매 윗옷과, 아래옷은 녹색 계통의 자잘한 꽃무늬가 있는 얇은 천의 일자 바지였다. 여인에게서는 향수가 아닌 제사지낼 때 피우는 향 냄새가 진하게 났다. 큰딸은 우리식으로 보면 초등학교 1~2학년 정도의 나이였는데 흰 보자기 히잡을 머리에 썼고 그 아래 어린 두 딸은 역시 우리 아이들처럼 울긋불긋 꽃핀과 방울로 머리를 장식했다.

프라하의 비타 성당은 화려했고 바티칸시국의 성 베드로성당은 웅장했지만 나에겐 오히려 스트라스부르의 소박한 붉은 모래 빛깔의 성당이 오래 기억에 남아있다.

강변에 자리한 중국식당에 들렀을 때이다. 여주인이 "어디서 오셨나요?"하고 영어로 물었다. "South Korea"라고 말하자 안다는 듯이 고개를 끄덕이며 "South Korea!" 하며 되받는다. 이렇게 주인이 상냥하게 아는 체를 했다.

스트라스부르는 독일의 프랑크푸르트에서 승용차로 세 시간 거리이다. 유럽에서는 그 정도 거리이면 가까운 거리에 속한다. 좁은 남한 땅에서 살아온 우리에게는 개념의 차이가 있겠지만 땅덩이가 넓은 곳이어서 웬만한 곳으로 이동하려면 많은 시간이 걸리곤 했다. 프랑크푸르트까지 여행을 간 길이라면 스트라스부르도 가보면 좋을 것 같다는 생각이다.

"아름다운 한강을 활용을 못하다니 아까운 일"이라는 외국인들이 있다. 유럽을 다녀오기 전에는 그게 무슨 뜻인지 몰랐다. 파리의 센 강도 강폭이 한강의 1/4정도밖에 안 되어 보였고, 우리의 청계천처럼 도심의 콘크리트 벽 속을 흐르고 있었다. 강이라면 모래밭도 있고 둔치도 보여야 후련한 강줄기인 것이다.

한강에 치밀하게 계획하여 조경을 하였더라면 지금보다 훨씬 더 아름다운 한강이 되지 않았을까 아쉽다. 원예 조경 전문가들이 연구를 하여 언제 보아도 아름답게 꾸몄다면 어땠을까?

한강 주변의 건축물들을 조금 안으로 들여 짓도록 했었더라면, 그리고 강변에 연중 내내 꽃이 피어나게 가꾸었으면 얼마나 아름다웠을까. 우리나라는 사계절이 뚜렷하고 봄부터 여름, 가을까지 피는 꽃이 다양하다. 키 큰 벚나무는 맨 뒤쪽으로, 그 안쪽으로 조금 작은 키의 꽃나무, 그 앞에는 더 작은 꽃나무를 심어 놓는다.

봄이 되면 개나리가 제일 먼저 노랗게 꽃을 피우고, 이어서 연분홍 진달래, 그다음 화려한 벚꽃이 연달아 꽃피울 것이다. 신록 앞의 장미, 모란, 수국, 라일락 등이 어울려 있는 한강변을 상상해보라.

로마유적지, 루브르박물관 등 인공적인 것은 한두 번 보면 된다. 그렇지만 자연경관은 날마다 봐도 좋다. 보고 또 보아도 새롭다. 국가에 영향력을 미칠만한 인물들이 일찍부터 외국도 돌아보았을 텐데 그런 발의를 했고 받아들여졌다면…. 그랬더라면 서울에 가서 한강유람선을 타보는 것이 세계인의 꿈이 될 수도 있지 않았을까.

일본 여행

일본 규슈(九州) 지방을 다녀온 건 2010년 가을에 3박4일간 여행사를 통해서였다. 동일본 대지진 사건이 나기 바로 전 해였지만 일본에 있는 동안 아무 일이 없어야 할 텐데라는 생각은 했다.

활화산인 아소산(阿蘇山)에 올라 전망대에서 내려다 본 분화구의 물은 새파란 보석빛깔이었다. 1백 도로 끓고 있는 분화구에서는 하얀 수증기 기둥이 솟구쳤다. 물빛은 빨간색일 때도 있고 수시로 변한다는데 비 오는 날에는 아예 보이지 않는다고 한다.

화산 일대는 말로만 듣던 회색지대, 불모지였다. 대피소도 있었다. 무슨 일이 발생하면 있는 힘을 다해서 그 곳으로 뛰어

들어가야 한다.

교토(京都)나 유명 온천지 등에는 관광객이 많았는데 아직까지도 옛 가옥이 즐비한 것이 놀라웠다. 불편을 감수하면서도 전통적인 것을 보존하려는 일본인들의 정신이 좋게 느껴졌다. 우리의 서울 중구 회현동에 1960년대 초까지 그런 집들이 있었다. 일본인들이 살다간 곳으로 적산가옥이라고 했다.

나라현의 동대사에는 사슴들을 방목하고 있다. 뿔은 잘려서 없었는데 먹이를 주고 싶으면 그곳 판매소에서 유기농 곡물로 만든 사슴용 과자를 사서 주어야 한다고 했다. 그러면 사슴은 머리 숙여 인사를 한다고 했다.

과자를 사기 전에 내 앞 있는 사슴 머리를 쓰다듬으려 했더니 지나가던 일본 여인이 나에게 과자 하나를 건넸다. 사슴은 내 손에서 과자를 받아먹었는데도 출처가 그 여인인 것을 알고 그녀에게 머리를 숙이고는 따라가는 것이었다. 이렇듯 동물도 소견이 멀쩡한 것을 어찌 함부로 대할 수 있겠는가.

외국 이야기지만 서커스공연으로 혹사당하던 사자, 코끼리, 돌고래 등이 풀려나서 그들의 고향으로 향하고 있다는 뉴스를 근래 접했는데 다행스러운 일이다.

중국 베이징 여행

    중국의 베이징(北京)은 2012년 가을에 3박 4일간 여행사를 통해 다녀왔다.

    자금성의 넓이가 경복궁의 몇 배라고 들었는데 실제로는 1.65배일뿐이라고 한다. 그런데 훨씬 더 넓게 느껴지는 건 거대한 옛 건축물이 그것도 같은 모양이 계속 나타나기 때문이라고 한다.

    자금성에는 풀 한 포기 나무 한 그루 없는 삭막한 땅위에 햇볕만 뜨겁게 내리쬐었다. 성 안에 식물을 심지 않은 건 자객들이 쉽게 침입하지 못하게 하기 위함이라는 설이 있다. 황제 내외의 산책을 위한 작은 정원이 따로 마련되어 있기는 했다.

    명청시대의 고관대작들의 집도 관람하였다. 대문만 잠그면

외부인이 들어올 수 없이 차단된 구조의 가옥으로 사방이 건물로 둘러싸여 있고 가운데 작은 마당이 있다. 이런 형태는 우리나라 전통가옥 중에서도 보긴 하였다. 안내원의 말에 의하면 우리가 본 가옥은 1백 평정도라고 했다. 그런데 화장실은 없어 몇십 미터 떨어진 마을 공중화장실을 이용해야 한다고 했다. 소시민의 집도 아닌데 화장실을 갖추지 않았다니 이해가 안 되었다. 이런 한 가지 사실만으로도 오로지 나라에 황제만 있고 황제만 하늘처럼 높이는 왕조시대로, 민중은 하찮게 여기며 지나치게 억압한 시대였다고 생각되어졌다. 중국 역사를 거슬러 올라가 볼 적에 왕조가 수없이 바뀐 것이 이와 연관이 없다고 할 수 없는 것 같았다.

우리의 고궁은 정말로 여백의 미를 살린 예술적인 궁이다. 경복궁, 덕수궁은 정말 사람이 숨 쉬고 사는 곳으로 여겨진다. 전각 모습도 각기 다르고 경회루, 향원정 모습은 또 얼마나 운치 있고 고풍스럽던가.

우리 민가의 모습은 또 어떠한가. 내가 유년기를 보낸 농촌 마을 월곡리에만 내가 알기로 백 평 이상 집이 다섯 채는 되었다. 제일 큰 집을 내 소설 〈어머니의 초상화〉의 여주인공 외갓

집으로 실제로 월곡리 그 집이 배경이다. 돌각담 지붕 위에 기와가 얹혀있는 수백 평은 족히 됨직하다. 농토를 소유하고 있을 뿐인데 중국의 고관대작보다 더 넓고 편안한 집에서 살았다.

만리장성을 가기 위해 케이블카를 탔다. 그리고 내린 뒤 굴 속을 걸어서 통과하니 저만치 만리장성이 보였다. 산 속인데도 그늘 한 점이 없었는데 사람의 키보다 큰 나무가 없으니 그늘이 없는 건 당연하다. 이는 적병이 숨어드는 걸 막기 위해 일부러 땅에 붙어 자라는 나무만 심은 결과라고 한다. 그것은 옛날 사정이고 지금까지 그럴 필요는 없지 않을까. 그때가 9월 하순이었는데 여자들은 양산을 쓴 이들이 많았고, 그나마 가을이어서 견딜 만 했다.

베이징 일대는 우리나라 중부지방과 위도와 기온이 비슷하다. 여름에는 더위에 못 견디고 쓰러진 관광객들이 속출하여 구급차도 여러 대가 출동하기 한단다.

만리장성 오르는 길에 등나무를 심던지, 텐트라도 쳐놓아서 산에 오르는 이들이 잠시 숨을 돌릴 수 있게 했으면 하는 아쉬움이 컸다.

타이완 관광

타이완(臺灣)은 2013년 가을에 역시 3박4일 여행사를 통해 다녀왔다.

장개석(蔣介石)기념관은 인상적이었다. 장 총통이 중국 본토에서 떠나올 때 진귀한 보물들이 너무 많아서 박물관에서 순회 전시할 정도라고 한다. 그래서 쳐들어가서 빼앗아 와야 한다고 마오쩌뚱(毛澤東)을 부추긴 이들도 있었다고 한다. 그런데 마오저뚱은 그렇게 하다보면 보물들이 파손될 수 있으니 그만 두자고 했다는 말이 전해진다. 박물관에서 만난 수많은 보물들이 진귀함 그 자체였다.

국립공원이 산악지대 타이루거(태로각) 협곡도 섬뜩하도록 아름다웠다.

4

고양이
가족 이야기

고양이 가족 이야기

내 생애의 첫 기억들 중 하나는 밥상 밑에 있던 고양이이다. 부여에 살 때다.

어느 날 내가 밥상에서 고기를 먹다가 흘렸는데 다시 주워 먹느라고 내려다보았는데 어느새 고양이가 냠냠 먹고 있었다. 어린 생각에도 고양이는 참으로 빠르구나 여겼다.

1960년대 후반 우리 집에는 아버지가 남대문시장에서 사온 고양이가 있었다. 하얀 바탕에 머리, 등, 꼬리에 검고 누런 점이 알맞게 그려져 있는 아기 고양이였는데 얼마나 예뻤는지 모른다.

우리는 그 고양이를 '미미'라고 이름 지어 불렀다. 그때는 길고양이가 없는 대신 쥐가 많았다. 그래서 고양이가 한 마리 있으면 그 일대엔 쥐들이 없었다.

　미미는 새끼도 여러 번 낳았는데 원하는 이들에게 무료 분양했다. 1980년대 말까지 서울에서는 쥐 잡는 날이 있었고 동사무소에서 가가호호 쥐약을 나누어 주던 때가 있었다. 그런데 언제부턴가 길고양이가 흔해지면서 우리 주변에서 쥐들이 사라졌다.

　동두천에 살 때이다. 가끔 우리 집 정원을 어슬렁대는 고양이가 한 마리 있었다. 청개구리, 여치 우는 소리도 들렸는데 그것을 먹으러 왔는지도 모르겠다. 나는 그 고양이가 보이면 냉장고 속의 생선 토막을 던져주기도 했다. 이따금 오라는 뜻이었다. 그럼 쥐가 사라질 테니까.

　그런데 그 놈은 새끼들을 데리고 우리 집으로 들어왔다. 어느 날 아침에 나가보니 어미와 생후 3~4주정도 되어 보이는 예쁜 아기고양이 세 마리가 나를 빤히 바라보고 있었다. 한 마리씩 새끼의 목덜미를 물어서 옮겨 놓았을 것이다.

　"왔니? 그래, 얼른 밥해서 줄게."

하고는 뜨거운 밥 한 주걱에 달걀 하나 깨어 버무려서 식힌 뒤에 주었더니 새끼들이 달려들어 먹었다. 새끼들이 너무 어려서 소독하는 차원에서 익혀서 주었다.

그 어린 새끼들을 이웃에 분양하고 어미 혼자 남게 되자 쥐를 잡아 오기 시작했다. 죽은 쥐도 살아 있는 쥐도 물고 왔다. 그런 행위는 주인이 고마워서 은혜를 갚기 위한 짓이라고 들어서 놀라지는 않았다. 쥐의 머리가 고양이에게는 맛있는 부위라고 한다. 그래서 쥐머리를 가져오는 것이라고 했다.

"맛있는 쥐는 너나 먹고 가져오지 마라. 사람은 쥐 안 먹는다."고 당부를 한참 한 뒤에야 그 일이 멈추었다.

여러 해가 흐른 후 우리는 서울로 이사를 했다.

서울생활을 하면서는 예전에 살던 아파트에서 고양이를 본 것 같기는 한데 별 관심을 두지 않았다.

그런데 지금 사는 곳으로 이사하고부터는 눈에 띄는 고양이가 있었다. 쓰레기를 버릴 때면 배가 고픈 듯 딱한 표정의 그 녀석이 보이곤 했다. 그래서 고양이 먹을 만한 것을 챙겨가지고 나가서 주다가 고양이 사료를 구입하여 주기로 했다.

지하주차장 통로 뒤쪽 나무 밑에 고양이들이 모여 있다는 것을 알게 되었다. 인적이 드물고 여름이면 시원해서 그들의 아지트인 듯 했다. 쓰레기장에서 만나는 고양이도 그곳으로 유인하여 먹이를 주면서부터 다른 곳에서 볼 수가 없었다.

그러다보니 자연스레 고양이들이 서식하고 있는 몇 곳을 알게 되었다. 그래서 같은 시간에 한 바퀴 순행을 돌려 먹이를 주곤 했다.

모두에게 몸 빛깔로 구분하여 지은 이름으로는 삼색이, 꺼멍이, 흑백이, 흰둥이, 고등어… 등으로 불러주었다. 가장 흔한 것은 짙고 옅은 차이는 있지만 누런 줄무늬를 띠어서 누렁이, 머리가 커서 대두, 촐랑댄다고 촐랑이, 먹이를 주러 가면 좋아서 땅바닥에 등을 대고 데굴데굴 굴러대서 그 녀석은 데굴이라고 불렀다.

데굴이는 처음 만났을 때만 해도 젊어서 열심히 굴렀는데 해가 갈수록 나이가 들어 구르지 않았지만 이름은 여전에 데굴이다. 데굴이가 주차장 근방에 사는 몇 마리 중 가장 나이 들어 보였고 리더인 것 같은데 삼색이의 어미가 아닌가 싶을 정도로 둘이는 그림자처럼 붙어 다녔다. 삼색이가 새끼를 낳으면 젖은 어미가 먹여도 외할머니로 여겨지는 데굴이가 기르는 것처럼 느껴졌다.

고양이들에게 먹이를 주며 보아 온 지 4년쯤 지났을 때다. 데굴이, 삼색이, 그리고 다른 두 마리와 넷이 가족을 이루어 주차장 근방에서 항상 먹이를 먹었는데 어느 날부터 갑자기 이 녀석들이 보이지 않았다. 한 마리도 아니고 네 마리가 한꺼번에 자취를 감추다니! 먹이에도 입을 댄 흔적이 없었다. 다음 날도 또 다음날도 그랬다. 먹이를 주러 가고 오다가 한두 마리도 꼭 만나던 터였다. 무슨 일일까 이상한 일이다 했는데 나흘 후에야 다시 나타났는데 데굴이가 없었다.

데굴이는 그 이후 어디에서도 다시 보지 못했다. 데굴이가 나이가 많아 죽은 것으로 짐작되었다. 그들은 데굴이가 죽자 식음을 전폐하고 애도의 시간을 가진 것일까.

그리고 5년이 더 흐른 최근의 일이었다. 그 곳에서는 삼색이 누렁이 두 마리가 살고 있었는데 또 어느 날부터 보이지도, 먹이 먹은 흔적도 없었다. '변고가 났구나…' 여겨졌다. 삼색이는 9년째, 누렁이는 그보다 몇 년 뒤에 나타난 것이지만 겉모습은 더 늙어보였다. 누런 털이 뭉쳐있기도 했다. 그것들을 처음 만났을 때의 나이를 모르지만 거기에 그 동안 만나온 햇

수를 보태면 모두 할머니 고양이인 셈이다. 그것들의 새끼도 그동안 분양해 보내곤 했다.

길고양이 평균 수명이 3년이란 말고 있는데 오래 산 셈이라고는 하지만 서운했다. 누가 떠난 걸까 조바심하고 있던 차에 누렁이가 혼자 나타났다. 이번에는 삼색이가 떠난 것이다. 일주일, 열흘, 보름이 지나도 끝내 삼색이는 볼 수 없었다. 9년간이나 가장 오랫동안 보아온 것이기에 몹시 서운했다.

여행을 다녀 떠난 사이 먹이 줄 형편이 안 되면, 또 아파트 다른 주민이 부탁을 들어주기도 했으며 그럴 때를 제외하고 거의 날마다 보아온 것이다. 어쩌다 못 만나도 다음날엔 모습을 보였다. 고양이 열 살이면 노인이고, 만나면 헤어지게 되어 있고, 살이 있는 생명은 언젠가는 스러지기 마련이라고 했지… 하면서 마음을 앓았다.

언젠가는 고양이 먹이그릇 위에 웬 검은 것이 얹혀 있었는데 글쎄 쥐가 고양이 사료를 먹고 있는 중이었다. 더 어이없는 일은 가까운 곳에서 고양이가 앉아서 멀뚱멀뚱 쳐다보고 있다

는 사실이다. '저것들이 천적관계 맞아?' 싶었다. '그래, 먹어
라 먹어. 배고픈데 어쩌겠냐? 나도 길고양이 신세였으니 배고
픈 사정 모르겠니? 먹어라 먹어' 뜻이었을까, 아니면 '굶어죽
으나 고양이한테 물려죽으나 이래 죽으나 저래 죽으나 그게
그거지 먹고 보자.' 그런 뜻이었을까?

  후문 쪽으로 밥을 주러 갔을 때다. 그릇 앞에 비둘기 한 마
리가 있었는데 수상했다. 고양이밥을 비둘기들이 호시탐탐
노리고 있다는 걸 알고 있던 터라 비둘기를 쫓아도 가지를 않
았다. 조금 나는 시늉을 하다가 도로 그 자리에 앉곤 했다.
'날지 못하는 장애를 가진 비둘기인가?' 처음에는 그렇게 알았
다. 그런데 갑자기 높이 날아오르더니 멀리 가버렸다. 그러고
보니 그 곳에서 밥을 먹는 누렁이 흑백이 두 마리 고양이가
오고 있었다. 비둘기가 그것을 보고 날아간 것이다. 그 근방에
서 얼쩡대다가 고양이한테 혼이 난 적이 있는 듯 했다. 그래도
사람은 무서워 안하고 고양이는 무서워하다니 조금은 어이없
었다. 먹이는 충분히 주었다. 다음 날 가보면 남아있을 만큼!
이유가 있다. 먹이가 부족하다면 싸울까봐였다. '너는 떠나

라!' 하고 따돌림 할까 봐였다. 사이좋게 살아가라는 뜻에서이다.

　그래도 무슨 이유인지 몇 년 또는 몇 개월간 잘 어울려 지내다가 어느 날 홀연히 사라지는 고양이들도 있었다. 젊고 건강한 모습이어서 생명이 끝났으리라고 여겨지지도 않았지만 그런 조짐도 없었다. 그리도 또 못 보던 새로운 놈이 나타나곤 했다. 내가 이사 온 직후에는 7~8마리가 상주했던 듯한데 점점 숫자가 줄어 최근에는 고정적으로 먹이를 받아먹는 것은 두 마리뿐이다. 그리고 아주 가끔 보이다 말다가 하는 게 두 마리 있다. 상가에 살고 있는 녀석에게 친구가 생긴 듯 했다. 가끔 같이 있었는데 사이도 좋아 보였다. 그래서 먹이를 넉넉히 주었다. 그런데 전처럼 혼자 먹는 것만큼만 없어졌다. 그 낯선 친구는 어디에선가 먹이를 얻어먹고 있는 듯이 여겨진다.

　여러 해 전의 일이다. 초 봄 추운 날씨인데 어미고양이와 아가들이 같이 밖에 있는 것이 딱해 보여 지하상가의 어떤 분이 그들을 데리고 들어가서 사료와 물을 주며 보살피고 있다고 들었다. 어미의 이름은 나비라고 하는데 누가 기르던 것인지 아주 사람을 잘 따른다고 했다. 세탁소에 가던 길에 그것들을 보게 되었다.

"네가 나비니?" 했더니 그놈을 나를 빤히 쳐다보더니 쪼르르 내 앞으로 왔다. 아무리 붙임성이 좋은 고양이라도 그렇지, 처음 보는 사람인데 이름 한 번 불러 주었다고 해서 그럴 수 있나 싶었다. 나중에 한 식구가 될 인연이어서 그랬는지도 모른다. 동네 나비였던 그놈은 지금 우리 집 루비로 살고 있다. 새로 상가에 입주한 어느 점포주가 나비를 내보내라고 성화를 해대서 쫓겨나게 된 것이다. 새끼들을 분양하고 나비 혼자서 종이 박스로 지어준 집 안에서 살고 있었다. 사용하지 않는 상가의 위쪽 옥상으로 이어지는 계단 통로 한 귀퉁이에 고양이 한 마리 살아도 별 표시도 나지 않았다. 용변을 볼 때에도 계단을 이용해 밖으로 멀리 나가 해결하고 마른 사료와 물을 먹으니 냄새도 안 났다. 시끄럽거나 말썽도 부리지 않고 온종일 잠을 자는 게 고양이다. 가까이 있으면 오며 가며 먹이도 주고 챙기기 수월한데 멀리 있으면 사업에 바쁜 나머지 깜빡 잊을 수도 있는 일이다. 그래서 내가 나비의 먹이를 주게 되었다.

한 번은 내가 지나는 것을 알았는지 주차된 자동차 밑에서 얼굴을 내밀어 나를 보고 있었다. "나비 거기 있었어?"하고 아는 체를 했더니 다가와서 내 바짓가랑이에 얼굴을 비벼댔다. 사람이 성격 각각이듯 고양이도 그렇다. 타고난 성품도 있겠지만 자라온 환경이 중요한 역할을 할 것이다. 길고양이로 태어나서 사람들의 눈 흘김도 감수하며 살아온 것들은 오랫동안 먹이를 주고 이름을 불러줘도 바라볼 뿐 반응을 보이지 않을 수 있다. 고양이가 싫으면 외면하고 상관없이 살면 되는데 괴롭히는 이들이 있는 것이다. 동물을 어떻게 대하는가를 보면 그 나라의 민도를 알 수 있다고 한다. 「걸어서 세계 속으로」라는 KBS프로에서 오래전에 본 스페인 안달루시아 지방을 소개했을 때 낮잠을 자고 있는 고양이들이 여러 마리 찍혔다. 사람들에게 시달림을 당하고 있지 않기에 앞에서 자기를 사진 찍어도 마음 편히 잠에 빠져 있을 수 있었던 것이다 우리나라 길고양이들은 뒤돌아보며 도망가고 있는 모습뿐이다.

다시 나비 이야기로 돌아가자. 12월 하순에 새끼를 낳았는데 봄에 또 배가 부른 것이다. 설마? 또? 그런데 진짜였다. 이듬해 5월 초에 또 출산을 했다. 겨울에 낳은 것이며 모두 기를 사람 찾아 입양 보냈다. "예쁜 아기 고양이를 사람으로 길러 주실 분에게 무료로 드립니다."라고 사진을 찍어 올리면 원하는 이들이 데리러 오거나 데려다 주기도 했다.

임신이나 출산이 모두 얼마나 힘든 일인가? 우리는 나비에게 불임수술을 시켜 주었다. 암컷이어서 자궁을 떼어냈는데 아랫배의 상처가 나을 때까지 우리 집에서 데리고 있기로 했다. 밖의 환경에서는 감염의 우려가 있어서 실밥 풀고 상처가 깨끗이 나을 때까지 보호해 주기로 한 것이다. 그런데 나비는 입양된 줄 알고 좋아하는 기색으로 보였다 아랫배의 상처를 혀로 핥아서 쉽게 아물지 않을 듯해서 목에 깔때기를 씌워 주어도 조금도 싫어하지 않았다. 이 집 사람들은 나를 예뻐하고 그러니 이렇게 목에 무엇을 씌워놓아도 나를 위해서 하는 일일 테니 따라야지 하는 기색 같았다. 먹기도 불편하고 시야도 답답하고 무겁기도 할 텐데 나비는 여러 날을 깔때기를 쓴 채 견뎠다 갑갑해 할까봐 바깥바람 좀 쏘이게 해 주려고 데리고 나갔더니 '나 도루 내버리려나?'하는 근심스러운 기색을 보였다. 그리고 전혀 말썽을 부리지 않았다. 오라면 오고 가라면 가고 말귀도 다 알아들었다. 그래서 우리는 나비를 입양하고 루비라고 개명을 해서 같이 살고 있다. 화장실을 사다 놓으니 알려주지 않았는데도 그게 화장실인 줄은 어떻게 알고 들어가서 일을 보는지 참 신통했다. 언젠가 TV에서 수의사 이야기가 "가장 기르기 쉬운 동물은 고양이"라고 했는데 정말 그런 듯하다.

외로움 덜 타고 잠 많이 자고 조금 먹고 조금 배설하고 지나친 관심이나 사랑도 고양이는 사양한다. 혼자 사는 이가 기르기도 편할 것 같다. 주인이 출근하고 없는 동안 온종일 잠을 자고 퇴근해서 돌아오면 반길 줄 아는 게 고양이이기도 하다. 흔히 말하기를 개는 충복인 줄 알고, 고양이는 지가가 상전인 줄 안다는 말이 있다. 그래서 고양이가 매력적인 동물일 수도 있다. 서양 이야기지만 옛날부터 해외 토픽 등에서 보면 다른 반려동물과는 달리 많은 고양이들이 유산을 물려받았다. 얼마나 예뻤으면 그리했을까? 나도 단독주택에 살 때 개도 여러 번 길러봤다. 루비는 정말 기르기도 수월하고 영리하니 더 사랑스럽다. 루비는 우리 가족의 일원이고, 오래도록 같이 행복하게 살기를 바란다.

이 책을 펴내면서

어머니는 저를 걱정하며 기르셨지요. 제가 자랄 때 시골에서는 미혼 남녀가 사귀는 것도 구설수에 오르던 때였으니 여자가 남의 입에 이름이 오르내린다는 게 반가울 리 없었을 것입니다. 지금 생각해보면 남자 사귄 이야기까지 세상에 펴낼 팔자였나 봅니다. 소설 〈어머니의 초상화〉 발표시 관심과 성원을 보내주신 여러분들께 거듭 감사들 드립니다.

그동안 많은 분들의 도움으로 살아온 것을 다시 한 번 느끼게 되었습니다. 깊이 감사드립니다. 아울러 선우미디어에도 다시 고마움을 표합니다.

2017년 겨울
저자 김신원

181